시간은 기억을 추억으로 만든다

.

시간은 기억을
추억으로 만든다

정진영

하루북스

프롤로그

 나는 오늘도 많은 선택을 하였다. 아침에 알람 소리를 듣고 바로 일어날 것인가, 좀 더 누워 있을 것인가를 시작으로 늦은 밤 지금 글을 쓸 것인가, 그냥 잠자리에 들 것인가까지. 오늘은 공개수업이 있는 날이어서 다른 날보다 일찍 일어나 머리를 잘 다듬고 화장도 예쁘게 하고 단정한 옷을 입고 출근하려고 계획하였다. 하지만 순간순간 다른 선택을 하여 늦잠을 잤고 머리를 감지 않았으며 화장도 제대로 하지 못한 채 아무 옷이나 입고 학교에 갔다.

 우리는 일상의 사소한 선택부터 인생 대소사까지 선택하여야 할 것이 너무 많다. 요즘 나의 가장 중요한 선택은 석 달 후면 초빙교사 임기 만료가 되는데 학교를 옮길 것인가 1년 더 있을 것인가, 옮긴다면 어느 학교로 갈 것인가이다. 두 번째는 다음 달에 이사를 할 예정인데, 이사할 집을 어떻게 리모델링할 것인가이다. 이두 가지는 바쁜 일상에 치여 가끔씩 생각날 때마다 고민이다. 하지만 어차피 한 달 후면 모든 선택이 이루어질 것이고, 그때는 이러한 선택의 결과들이 후회될 때마다 나의 우유부단함과 무지를 탓할 것이다.

선택의 순간에서 언제나 머뭇거리고 나보다 남의 생각에 관심을 가지고 눈치를 보면서 살아왔던 것 같다. 다른 선택을 하였으면 어떠했을까? 후회되는 순간들이 많다. 어떤 선택을 하였든 완벽하게 만족하는 결과는 없었겠지만, 이보다 나았으리라는 막연한 생각들이 나를 종종 우울하게 하였다. 어떤 장소에 가거나 어떤 사물을 보면 과거의 좋지 않은 기억들이 떠오를 때가 있는데, 그럴 때면 그런 장소를 피하거나 사물을 치워 버리면서 외면하고자 하였다.

그런데, 다른 사람들의 생일이나 결혼기념일, 차량 번호까지 외우고 다니는 나의 쓸데없이 좋은 기억력 덕분에 이 또한 쉽지 않았다. 에디슨이 메모를 하는 이유는 더이상 기억하려고 노력하지 않아도 되기 때문이라고 하였는데, 혹시 나도 글을 쓰면 내 머릿속에 맴도는 후회로 가득한 순간의 기억을 훨훨 날려 버릴 수 있지 않을까 생각하였다. 그래서 몇 달 전부터 글을 써야겠다고 마음먹었지만, 뜻대로 되지 않았다.

그러다가 우연히 3주 전부터 날마다 글을 쓰기 시작하였다. 내가 젊었을 적에 10년 단위로 목표를 정해 놓았는데, 50대의 목표가 책 쓰기였다. 좀 더 구체적으로 말하면 소설 쓰기였다. 퇴근하고 책상에 앉아 글쓰는 게 쉬운 일은 아니었지만, 나의 50대 목표를 이루기 위해서 에너지를 모아 보기로 하였다. 그래서 요즘 덜 바쁘거나 덜 중요한 일은 조금 뒤로 미루고 글을 쓰고 있는 중이다. 현재 아직 호흡이 긴 글을 쓰기에는 무리라고 판단하여 날마다 간단한 주제의 짧은 글을 썼다.

지난 교직 생활 내내 담임을 하는 학급 학생들에게 '마음을 가꾸는 글쓰기'라는 주제로 일주일에 한 번씩 글쓰기를 하게 하였다. 주제를 정해 줄 때도 있었고, 자유롭게 쓰게 할 때도 있었다. 한 가지 주제로 노트 한 쪽씩 글을 쓰는 것이 쉽지 않았을 텐데, 의외로 잘 써 오는 학생들이 꽤 많았고 나는 이것을 늘 자랑스럽고 보람되게 생각하였다. 내가 직접 해 보니 글을 쓰는 것이 무척 행복하다. 조용하고 캄캄한 밤에 키보드 두드리는 소리만 나는 가운데 옛 기억을 더듬어 하나하나 써 내려가는 것이 무척 재미있다. 스탠드 불빛 아래 나의 추억들이 꿈틀꿈틀 되살아나는 것 같다.

　어떤 선택을 하고 결과에 대하여 만족을 기대하기보다 그 과정 속에서 기쁨을 느끼고 편안할 수 있다면 그것이 행복일 것이다. 인간 심리에 대하여 이해의 폭이 넓어지고 남보다 나은 성과에 일희일비하지 않는 것이 나이 덕분인지 경험의 확장 덕분인지 잘 모르겠다. 하지만 내가 써 내려가는 과거의 기억들이 시간 속에 잔잔하게 스며들어 추억이 될 수 있었으면 좋겠다. 하루하루 소중한 시간들이 행복한 순간들로 채워질 수 있기를 간절히 소망한다.

차례

그리움

다시 꿈

그럼에도 불구하고

꿈

꿈

어렸을 때 내 꿈은 아주 많았다. 초등학생 시절 나의 꿈에 가장 큰 영향을 미쳤던 것은 어린이 월간지 '소년중앙'이었다. 시골에서 문명과 멀리 떨어져 살던 나에게 소년중앙에 나오는 기사는 신세계였고, 연재되는 만화는 나의 상상력을 무한 자극했다. 아버지께서 가끔 대구에 있는 헌책방에서 '어깨동무' 과월호를 사다 주실 때도 있었지만, 나는 소년중앙이 더 좋았다.

그 속에는 무엇보다도 재미있고 신기한 이야기들이 많이 들어 있었고, 유명 만화가들이 그려 주는 세상은 매우 흥미진진하였다. 지금도 기억나는 것은 이상무, 윤승원 화백의 작품들이다. '독고탁 이야기'와 '옛날 옛적에'가 특히 인상적이었고, 재미있는 부분은 두 번 세 번 반복해서 보기도 했다. 별책부록은 외국 작가들의 작품을 실어 주기도 하였는데, 화풍이 특이하고 내용 구조가 우리나라 만화와는 좀 달랐다. 색다른 경험을 할 수 있었다.

중학생이 되면서부터는 소년중앙보다 'TV가이드'를 더 자주 보게 되었다. TV가이드는 TV프로그램과 연예인 관련 기사가 많은 월간지였는데, 생활에 유용한 기사들도 많이 실려 있었다. 부록으로 가수 브로마이드를 끼워 주기도 했다. 프로야구가 막 생겨나던 시기라서 야구선수에 관한 기사도 있었다. 나는 OB베어즈의 마스코트가 예뻐서 연고와 상관없이 OB의 팬이 되었다.

고등학생이 되면서 아이템풀을 정기구독하게 되었다. 아이템풀은 일주일에 한 번씩 평가지를 보내 주고 스스로 평가하는 주간 학습지였는데, 한 달에 한 번은 진학 관련 단행본을 보내 주기도 했다. 부모님과 선생님에게서 들을 수 없었던 매우 유익한 진학 정보들이 많았다. 일주일에 한 번씩 오는 평가지는 내 수준보다 어려운 것이 많아서 흥미를 잃고 밀리는 경우가 종종 있었다. 하지만 아이템풀을 그만 둘 수 없었던 이유는 별책부록의 유혹 때문이었다.

아이템풀은 지능지수(IQ)와 적성을 알아볼 수 있는 검사지를 보내 주기도 하였고, 때로는 전국의 대학과 다양한 학과에 관해서 자세하게 설명해 놓은 책을 보내 주기도 했다. 또 모든 대학의 학과 커트라인 표를 보내 주기도 하였다. 당시 개교 예정이던 포항공대에 대한 자료도 보내 주었는데, 덕분에 개교 과정을 자세히 지켜볼 수 있었다. 학교에서 제공하지 않았던 다양한 진학 정보를 얻을 수 있었으니, 평가지는 잔뜩 밀려 있었지만, 부록 보는 재미로 졸업할 때까지 계속 구독하였다.

내 꿈은 수시로 바뀌었고 매우 다양한 분야를 넘나들었는데, 주로 그 당시 구독하던 잡지들의 영향을 많이 받았다. 나의 여러 가지 꿈 중에서 가장 기억나는 것은 아동문학가와 고고학자이다. 소년중앙 아동문학상을 받으셨던 어떤 초등학교 선생님 덕분에 아동문학가의 꿈을 키울 수 있었다. 그분은 강원도 태백시에 근무하는 젊은 남자 선생님이셨고 성함은 기억나지 않지만, 문학상을 받은 글 내용 중에 개나리꽃에 관한 내용이 들어 있었던 것 같다.

그리고 고고학자의 꿈은 세계의 신비한 이야기들을 많이 다루어 주었던 소년중앙의 별책부록 덕분에 생겨났다. 세계의 불가사의에 대하여 다룬 기사들은 나의 심심한 생활에 생기를 불어넣어 주는 역할을 하였다. 어른이 되면 내가 꼭 탐험을 하여 수수께끼를 풀어야겠다고 생각했다. 특히 아메리카의 잉카족이나 마야족이 만든 문명에 관하여 관심이 많았다. 지금도 내 버킷리스트에는 마추픽추 방문이 들어 있다. 2021년 봄에 자율연수휴직을 하고 페루에 가려고 마음먹고 있었는데, 코로나 때문에 한없이 미루어질 것 같다.

쉰 살이 된 지금 나는 중학생 시절에 꿈꾸었던 소설가가 되어 보고자 한다. 그 시절 나는 글쓰기 공책을 만들어서 쓰고 싶은 주제의 시놉시스들을 써 놓았다. 어른이 되면 이러한 주제와 내용으로 소설을 써 보아야지 하는 생각으로 만들어 두었는데, 지금은 어디에 있는지 모른다. 하지만, 몇 가지 내용은 기억이 난다. 지금도 그 아이템은 나의 글감으로 유용하다고 생각한다. 이미 몇몇 소설가에 의해 비슷한 내용이 출판되기도 했지만, 나의 색깔을 입혀 새롭게 태어날 수 있도록 노력해 보려고 한다.

고등학생 시절에는 서점을 운영하거나 사서가 되고 싶다는 꿈을 꾼 적도 있었다. 문헌정보학과를 가고 싶었던 생각을 접고 교사가 되었지만, 지금 돌아보니 이 꿈은 나이 들어서도 실현 가능할 것 같아 포기하지 않고 고이 접어 두고자 한다. 요즘은 특별한 책방을 운영하는 곳이 많은데, 퇴직을 하고 인생 이모작을 위한 사업으로 남겨두고 싶다.

　나의 꿈들은 세월이 흐르면서 진화하기도 하고 퇴보하기도 하였다. 대학을 졸업하고 29년 동안 한 가지 직업을 가지고 있었지만, 다양한 경험을 하기 위하여 많이 노력하였고 지금은 결실을 맺어야 할 시기라고 생각한다. 인류사의 위대한 업적을 이룬 사람들은 주로 50대라고 하고, 뇌가 가장 활성화되는 시기도 50대라고 한다. 나도 열매를 맺을 만한 나이다.

　원하는 소원을 일만 번 말하면 현실로 이루어진다.

　- 인디언 격언

새마실 비석거리

울진 버스터미널에 내려서 택시를 타고 '새마실 비석거리'를 가자고 하면 우리 고향집 앞에서 내려 준다. 내가 어렸을 적에 우리 집 앞에는 비석이 3~40개 정도 길을 따라 죽 늘어서 있었다. 어떤 내용의 비석이었는지는 잘 모르겠지만 아마도 지방관들의 공덕비였던 것 같다. 우리 동네 아이들은 그 비석에 올라타고 놀았다. 키보다 큰 것도 있고 나지막한 것도 있었는데, 나는 겁이 많아서 높은 비석 위에는 올라가지 않았다.

내가 초등학교에 다닐 때 읍내 한가운데 있는 산 중턱에 충혼탑이 세워졌고, 그 비석들은 충혼탑이 있는 공원으로 옮겨졌다. 그럼에도 불구하고 우리 동네 이름은 여전히 새마실 비석거리이다.

새마실은 새로 생긴 마을이라는 뜻이다. 마실은 마을의 방언인데, 이웃에 놀러가는 것을 '마실 간다'라고 표현할 때에만 표준어이다. 하여간 우리 동네는 뽕밭이 많은 변두리였는데, 새로 지은 집들이 들어서면서 새마실이 되었고 40년이 넘은 지금까지도 새마실이니, 새마실은 고유명사가 되어 버렸다.

우리 집 앞 도로는 예전에 7번 국도였다. 7번 국도가 외곽으로 옮겨지면서 지금은 지방도가 되었다. 도로 앞에는 남북으로 길게 뻗은 야트막한 산이 있었는데, 이 산 이름은 방구산이다. 도로가 점점 확장되면서 방구산은 조금씩 깎여 나갔고 지금은 예전의 절반도 안 되는 면적으로 남아 있다. 그 많던 밤나무도 뽕나무도 다 사라지고 아카시아 나무와 잡풀들만 무성하다.

우리 집은 일본집이라고 불렸었는데, 내가 초등학교 3학년 때 새로 집을 짓고 나서는 그렇게 불리지 않았다. 마당이 매우 넓어서 감나무가 네 그루 있었고, 아버지께서 감나무에 그네를 매어 주셔서 친구들이 그네를 타러 놀러 오곤 했었다. 봄이 되면 마당에는 베이지색 감꽃들이 내려앉았고 나는 마당 구석에 기대앉아 책을 읽고 있었다. 아마도 키다리 아저씨를 읽고 있었던 것 같다.

마당 한쪽에는 큰 닭장이 있었고 나는 날마다 닭들이 낳은 알들을 꺼내기 위해 닭장을 들락거렸었다. 알은 하루에 서너 개 정도 낳았고 크기와 색이 조금씩 달랐다. 그리고 토끼도 몇 마리 키웠는데, 학교를 다녀와서 친구들과 함께 토끼풀을 뜯으러 다니기도 했다. 토끼풀이 많은 곳은 집에서 좀 멀리 떨어진 곳이어서 오가는 길에 아카시아 잎을 하나씩 뜯는 놀이를 하면서 다녔다.

우리 집은 지대가 약간 높았고 대문이 없었다. 진입로에는 코스모스가 많이 피어 있었고 높지 않은 담장 안으로는 포도나무 넝쿨이 있었으며 텃밭에는 상추와 부추가 많았다. 작은 벽돌로 구분 지어진 화단에는 채송화, 봉숭아, 맨드라미가 피어 있었고 나팔꽃이 덩굴손을 옆집으로 길게 뻗어나가고 있었다. 지하수를 끌어 올리는 펌프 옆에는 대추나무가 한 그루 있었고, 뒷마당에는 피마자나무가 몇 그루 있었다.

어린 시절 나와 친하게 지냈거나 우리 집에 놀러 온 적이 있는 친구들은 우리 집의 그네를 기억하지만, 지금은 그네도 그네를 매었던 감나무도 없어졌다. 새마실이 헌 마을이 되었고, 비석은 자취도 없이 사라졌다. 그래도 여전히 새마실 비석거리에 있는 우리 집은 세월의 흔적만큼 유년 시절의 추억이 가득가득 남아 있다. 아, 그리운 내 고향 새마실 비석거리!

인생에서 만족을 찾느냐 못 찾느냐는 지난 세월의 이야기가 아니라 의지에 달려 있다.

- 미셸 드 몽테뉴

코스모스

　우리나라는 사계절이 있어 계절에 따라 다양한 꽃들이 피어나고 나무는 다른 빛깔로 옷을 갈아입는다. 가을을 알리는 대표적인 꽃 코스모스는 어느 지방 어느 마을을 가더라도 흔히 볼 수 있다. 이름을 보아하니 토종은 아니고 원산지는 멕시코라고 한다. 그런데 요즘 지구 온난화 현상 때문인지 한여름에도 코스모스를 볼 수 있는 경우가 있으니, 가을꽃이라 명명하는 것이 맞나 싶지만, 코스모스가 한들한들하는 길은 아직 우리나라 가을의 대명사이다.

　28년 전 처음으로 담임이 되어 현장학습을 갔던 갈산공원에서 우리 반 아이들과 함께 찍은 단체사진은 온통 코스모스로 가득 차 있었다. 그날 내가 입은 옷도 코스모스 색처럼 예쁜 줄무늬가 있는 옷이었는데, 지금 그 사진은 어디에 있는지 모르겠다. 세월이 엄청

흘렀는데도 코스모스 축제 사진이나 영상을 보면 아이들에게 둘러싸여 환하게 웃고 있었던 내 모습이 생각난다.

그보다 시간을 더 거슬러 올라가면 초등학교 5학년 때가 생각난다. 우리 동네 위로 새 길이 뚫리고 포장과 단장이 한창이었을 때이다. 우리 학교 5-6학년 학생들은 점심식사를 하고 나서 오후 수업 대신에 도로 옆에 심을 꽃들을 세숫대야에 담아 새 길로 옮기는 일을 했다. 대야는 집에서 각자 하나씩 들고 왔었다. 부역에 동원된 것이었다.

운동장에서 대야를 들고 줄을 서서 기다리고 있다가 자신의 대야에 코스모스 모종을 받아서 공사장까지 배달하는 일을 하였다. 내가 배달한 모종은 우리 집에서 온양리 바다 가는 길 중간쯤에 심겨진 것으로 기억한다. 그 길을 지날 때마다 분홍색과 하얀색 꽃들이 길가에 환하게 피어 있는 모습을 보면 어린 시절 꽃모종을 담아 나르던 생각이 났다.

코스모스 모종 나르던 일은 하루 만에 끝나지 않고 며칠 동안 계속되었던 것 같은데, 어느 날 비가 왔다. 우산도 없이 모종을 옮기고 난 다음, 대야를 우산 삼아 머리에 쓰고 집으로 갔다. 머리도 옷도 모두 흠뻑 젖어 있었다. 옷을 갈아입고 우산을 쓰고 학교로 책가방을 가지러 갔는데, 학교로 먼저 가지 않고 집에 들른 것이 마음에 걸려 혼날까 봐 조바심이 났었다. 그런데 학교에 가 보니 아무도 없었고, 친구들 책가방은 여기저기 널려 있었다.

요즘은 새로 생긴 길에 코스모스 대신 메리골드가 많이 피어 있는 것 같다. 둘 다 국화과이기는 하나, 코스모스가 우리 정서에 더 맞는다고 생각한다. 왜냐하면 두 꽃의 색깔 때문이다. 코스모스는 연분홍과 흰색, 그리고 진한 꽃분홍색으로 우리나라 전통 옷에 많이 활용되는 색이라 익숙한 데 반하여, 메리골드 색은 진한 주황색이라 이질감이 느껴진다.

학기제로 수업하는 대학에서는 코스모스 졸업이라는 것이 있는데, 1학기말 8월에 졸업하는 것을 두고 이르는 말이다. 나도 박사과정은 코스모스 졸업을 하였는데, 코스모스 졸업은 2월 졸업보다 많이 쓸쓸하였다. 졸업생도 많지 않고 그냥 통과의례 정도로만 여겨지는 것 같아 아쉬웠다. 여름 지나고 가을이 되면서 피어나는 꽃들이 이쁜만은 아닐 텐데, 왜 하필 코스모스였을까?

행복해지기 위해서는 자신이 한번 내린 판단에 대해 후회하거나 걱정하는 일이 없어야 할 것이다.
- 세네카

악대부

지난 근무지인 평동초등학교에서 오케스트라를 지도할 사람이 필요하다고 할 때 겁 없이 응하여 3년간 담당을 했었다. 첫해는 어리버리하게 업무 파악하기 바빴고, 두 번째 해에는 전국대회에 출전하여 상을 받았다. 그리고 세 번째 해에는 계룡문화제를 비롯하여 국제 관악제에 출전하는 기염을 토해냈다. 이 성과는 물론 강사님들이 잘 지도하였기 때문이고, 난 그냥 담당자였을 뿐이다.

평동초등학교 오케스트라는 오디션을 하기는 하지만, 희망자가 많지 않아서 100% 합격하는 구조이다 보니 지도에 어려움이 많았다. 리코더만 연주할 줄 아는 정도의 학생들을 전국대회, 국제대회 무대에까지 서게 한다는 것은 거의 기적에 가까웠다. 나의 가장 중요한 역할은 학생들이 합주와 레슨 시간에 늦거나 빠지지 않게 하는 것이었다. 학생들이나 부모님들께 싫은 소리를 해야 하는 자리라서 비난도 많이 받았지만, 다행히도 대회 성과는 늘 기대 이상이었다.

내가 이 업무에 관심을 보이고 열정적으로 수행할 수 있었던 것은 어린 시절 나의 악대부 이력 때문이라고 생각한다. 내가 다니던 초등학교에는 합창부와 악대부가 있었다. 나는 합창부 오디션에서는 떨어졌고, 악대부에는 들어갈 수 있었다. 우리 학교 악대부는 깃털 달린 모자와 초록색 제복을 입고 연주 퍼레이드를 펼치는 매우 폼나는 활동을 하였다.

5학년 때 처음 가입을 하고 리코더 연주를 하였는데, 심벌즈를 치던 6학년 언니가 전학을 가면서 나는 운좋게 6학년 파트의 심벌즈를 담당할 수 있었다. 그리고 6학년이 되어서는 벨리라 연주자가 되었다. 벨리라는 행진용 마칭실로폰으로 한 손으로는 악기를 잡고 한 손으로는 채를 들고 연주하는 고난이도 악기였다. 제자리에서 연주할 때에는 별 어려움이 없었지만, 행진을 하거나 퍼레이드를 할 때에는 걸어가면서 실로폰을 연주해야 했기 때문이다.

우리 학교 악대부는 월요일 애국조회를 할 때 '국기에 대한 경례'주악부터 애국가, 교가 등의 의식가를 연주했고, 학교의 각종 행사에서 기념 노래를 연주했다. 이순신 동상이 학교 운동장에 세워지던 날 '충무공의 노래'를 연주했었는데, 그 멜로디와 제막식 장면이 아직도 기억이 난다. 뿐만 아니라 나는 삼일절 노래, 개천절 노래, 한글날 노래 등을 모두 연주해 본 경험이 있다. 요즘은 계기교육을 예전처럼 하지 않아 국경일 관련 기념 노래를 아는 학생들이 많지 않겠지만 말이다.

악대부 연습은 평소에는 일주일에 두 번 했고, 행사를 앞두고 있을 때에는 날마다 했다. 수업이 끝나고 연습 시간이 조금 남아서 도서실에서 책을 읽고 있던 어느 날, 우연히 고개를 들었는데 합주 소리가 들려왔다. 책 읽기에 집중하여 시간 가는 줄 몰랐었나 보다. 연습 시간에 늦으면 많이 혼나는데, 그 순간 공포감이 얼마나 컸던지 지금도 그 장면이 기억난다. 하얀색 도서실 책상 앞에 앉아 어쩔 줄 몰라 하던 내 모습이.

대학교 졸업을 앞두고 모교에서 교생실습 할 수 있는 행운을 얻었을 때 막내동생은 6학년이었고, 악대부 활동을 하고 있었다. 연습 시간에 일부러 시간을 내어 가 보았는데, 튜바를 연주하던 동생이 내가 지켜보고 있는 걸 알고 부담스러워하는 것 같아 얼른 나와 버렸다. 우리 남매는 악대부 덕분에 어렸을 때부터 다양한 악기를 연주해 볼 수 있는 특별한 경험을 하게 되어 정말 감사하다.

몇 년 전 플루트 교사 동아리에 참여하여 구리아트홀에서 연주할 기회가 있었다. 한 번은 교원예술제의 한 파트를, 또 한 번은 정기연주회의 두 파트를 연주했는데, 기량과 연습량이 모두 부족하여 제대로 연주하지는 못했지만, 너무도 값진 경험이었다. 초등학교 시절의 악대부 경험은 악기 연주를 업무이자 취미로서 내 인생의 한 부분으로 자리 잡게 하였다.

어떤 것이든 자신이 경험할 때까지는 가슴에 와닿지 않는다.

- 존 킷츠

가을 아침

하늘이 열리고
가을이 들어왔다.

하늘은 높고 푸르고
가을은 눈부시게 반짝인다.

하늘은 변함없이 자리를 지키고
가을은 때가 되면 찾아온다.

노력하지 않아도 주어지는 것에 대해
감사함을 잊지 않고

노력해도 얻지 못하는 것에 대해
좌절하지 않도록.

연호정

관동팔경은 동해안 일대의 명승지 여덟 곳을 말하는데, 7경과 8경인 망양정과 월송정이 울진에 있다. 망양정과 월송정은 이름에서 보듯이 해돋이와 달맞이로 명성이 높은 곳이다. 망양정에 올라서면 드넓게 펼쳐진 초록빛 동해가 내려다보이고, 수평선 너머로 일출을 볼 수 있는 날이면 호연지기가 절로 생겨나는 곳이다. 월송정은 해송이 우거진 곳으로 달과 소나무와 바다가 함께 어우러져 풍류를 즐기기에 이곳만 한 곳이 더 없을 것이다.

그런데 울진에는 이곳 이외에도 관동팔경에 견줄 만한 정자가 하나 더 있다. 지금은 울진중학교가 된 옛 울진여중·고 옆의 연호정이다. 해마다 초여름이 되면 표주박처럼 생긴 큰 연못에 연꽃들이 가득 피어났고, 연꽃이 질 무렵에는 연밥과 연잎을 따는 조각배들이 연못을 가로질러 다니곤 했다. 인공 연못이 아니라 자연적으로 생겨난 곳이다 보니 예전에는 둘레길도 없었고, 수풀 사이 조그만 오솔길이 나 있었는데, 길이 끊긴 곳도 있고 산책하기에 적합하지는 않았다.

하지만 최근에는 주변에 도립병원과 과학관이 들어섰고, 전원 주택들도 많이 생겨서 동네가 말끔해졌다. 거기다 둘레길을 만들어 자전거 길도 생기고 도보 길도 따로 있어서 동네 어르신들이 운동하기에 참 좋은 곳이 되었다. 돌아가신 우리 아버지께서는 자전거를 타고 연호정을 다녀오시기를 즐겨 하셨고, 지금은 혼자가 되신 어머니께서 아직도 연호정으로 운동을 다니신다.

나는 연호정 옆에 있었던 울진여중·고를 6년간 다녔다. 시골 학교이다 보니 학생이 많지 않아 여중과 여고가 병설이었고, 중학교는 앞 건물, 고등학교는 뒷 건물을 사용하는 식이었다. 내가 중학생일 때에는 중학교가 뒷 건물, 고등학생일 때에는 고등학교가 뒷 건물을 사용하는 바람에 나는 6년 내내 뒷 건물에서만 공부하였다.

중학교 다닐 때 나는 미술반이었다. 2학년 때 담임 선생님께서 미술 선생님이셨는데, 그림에 관심과 소질이 있는 학생들을 대상으로 아침 시간에 그림지도를 해 주셨다. 당시 3학년 미술반 언니들은 대부분 미대 진학의 꿈을 이루었고, 우리 동기들은 이런저런 사정으로 중간에 모두 그만두었다. 나와 친구 A는 연호정을 즐겨 그렸었는데, 한 가지 구도를 한 번만 그리는 것이 아니라 몇 번씩 다시 그려 가면서 이리저리 기교를 부려 보는 것도 재미있었다.

미술 선생님은 가끔 우리를 데리고 연호정을 둘러보기도 하고 그 위에 올라가서 그림을 그리게도 하였다. 교내 사생대회 주제는 늘 연호정이었던 것 같다. 그림을 너무 잘 그리는 중3 언니들 그늘에 묻혀 있다가 언니들이 졸업하고 내가 3학년이 되던 해에 드디어 나는 교내 사생대회 최우수상을 받게 되었다. 하지만 그 영광도 잠시뿐이었고, 내가 고등학교에 들어가면서 그 언니들의 그늘을 영영 벗어날 수 없었다.

올가을에 연호정을 가 보았더니 공사 중이었다. 군청에서 새로운 사업을 하려는지 연못이 파헤쳐져 있었고, 공사 중임을 알리는 테이프들이 곳곳에 둘러 있었다. 새 단장을 마치면 어떤 모습일지 궁금하기도 하였지만, 속살을 드러낸 연못이 안타깝기도 하였다. 내년 이맘때에는 어떤 모습으로 변해 있을까? 세월이 흐르면서 자연스럽게 변화하는 것도 있고, 사람의 손에 의한 변화도 있지만, 변화는 늘 기대와 불안을 동반한다. 내년 여름 연호정이 어떤 모습으로 변해 있을지 기대된다.

당신이 자신의 가치를 알 때 결정은 더 이상 어려운 일이 아니다.

- 로이 디즈니

부석사

부석사는 무량수전 배흘림기둥으로 유명하지만, 나의 부석사는 이상문학상을 받은 신경숙의 단편소설로, 또 여고 동창들의 기차여행으로 기억된다. 의상대사를 사랑한 중국 여인 선묘의 이야기가 전해져 내려오는 이 산사는 가장 오래된 목조건물인 무량수전을 비롯하여 국보가 5점이나 있는 유서 깊은 곳이다.

1988년 여름, 대학에 들어가서 맞이한 첫 번째 여름방학이었다. 고향 친구들과 함께 여행을 하기로 하였다. 도시와 멀리 떨어져 있고 기찻길이 없는 곳에 살았던 우리는 기차를 한번 타 보고 싶다는 로망을 가지고 있었다. 다행히 나는 대학을 멀리 가는 바람에 동대구역에서 조치원역 구간까지 기차를 탈 수 있는 기회가 있었지만, 친구들 대부분은 시외버스를 이용하였기 때문에 그 여름에 기차를 타 보고 싶다는 소망을 실현하기로 하였다.

우리 동네에서 가장 가까운 기차역은 분천역이었다. 지금은 분천역이 산타마을로 유명해졌고, 철도청에서 개발한 눈꽃열차 여행코스 중 한 곳이라 세상에 많이 알려졌지만, 30년 전 그곳은 매우 조용한 곳이었다. 하루에 기차가 몇 번 서지 않았고, 그것도 비둘기호와 통일호만 서는 정도였다. 기차 시간을 맞추기가 어려웠다. 그래서 우리는 봉화 쪽으로 조금 더 가서 춘양이라는 곳에서 기차를 타기로 하였다.

춘양역에서 풍기역까지 기차를 타고 이동한 다음 버스를 타고 부석사로 갔다. 울진에서 부석사까지 가는 동안 우리는 대학 새내기 생활에 대하여 이야기꽃을 피웠다. 친구들은 대부분 본인의 희망과는 상관없이 취업을 생각하여 대학과 학과를 선택하였는데, 유일하게 본인이 원하는 학과로 진학하였던 친구가 있었다. 사회학을 전공하는 그 친구의 학교생활이 제일 재미있어 보여 많이 부러웠다.

한여름 소낙비가 수시로 내리고 있었고 이야기에 너무 집중해 있었던 터라 주변을 잘 둘러보지 못하고 부석사에 겨우 도착하였다. 무량수전까지 올라가는 길은 꽤 가파른 길이어서 친구들 간에 거리가 점점 멀어졌다. 평소 운동 부족이던 나는 한참 뒤에 처져서 친구들의 뒷모습을 바라보면서 올라가게 되었다. 초등학교부터 함께 다녔던 친구들이라 공유한 추억이 많아서인지 그녀들의 뒷모습이 꼭 내 모습 같았다.

거기까지였다. 친구들과 함께 부석사 가던 길은 지금도 생생하게 기억하는데, 집으로 돌아오는 길은 잘 생각나지 않는다. 그리고 한참 세월이 흐른 뒤 이상문학상 작품집에서 신경숙의 부석사를 만났다. 다소 몽환적인 이 글은 당시 내 상황과 맞물려 소설 내용 속으로 깊숙이 빠져들었다. 부석사를 다시 가 보아야겠다고 생각하였다. 하지만 어린 아이 둘을 키우면서 직장을 다니고 있던 터라 여행할 시간을 내기 어려워 부석사 찾기는 오랫동안 미루어졌었다.

그 후로 부석사를 몇 번 가기는 했는데, 특별히 기억나는 일은 없다. 요즘은 부석사 가는 길에 있는 소백산 한우와 생강 도너츠를 사기 위하여 일부러 풍기IC를 이용하기도 하지만, 정작 부석사는 잊어버렸다. 주말마다 부석사 문화해설 자원봉사를 한다던 영주시청의 젊은 공무원과 늦가을 잎이 조금 남은 은행나무 길에서 다양한 포즈로 사진을 찍던 우리 아이들의 모습도 저 멀리 떠나간다. 함께 기차를 탔던 친구들이 보고 싶다.

인생은 하나의 경험이다. 경험이 많을수록 더 좋은 사람이 된다.

- 에머슨

양원역

우리나라에는 양원역이라는 이름을 가진 역이 두 곳 있다. 보통 역 이름을 지을 때에는 기존에 있는 역 이름을 피해서 짓는 것이 일반적인데, 어찌 된 일인지 양원역은 서울과 경상도 산골에 각각 한 곳씩 모두 두 곳이다. 서울에 있는 양원역은 경의중앙선에 있는 전철역이고, 경상북도 봉화에 있는 양원역은 영동선에 있는 임시승강장이다.

서울 양원역은 중랑구 망우동에 있으며, 2005년에 개업하였다. 망우역과 구리역 사이에 있는 역으로 서울특별시의 최동단 전철역이다. 경기도와의 경계선 부근에 있다. 양원역 근처에는 송곡학원 재단의 학교들이 몇 곳 있어서 역 이름이 송곡역으로 결정되었다가 주민들의 반발로 현재의 이름이 되었다고 한다. 중앙선 위에 있지만, 기차는 서지 않고 대피선이 없는 아주 작은 역이다.

봉화 양원역은 1988년에 개업하였으니, 서울 양원역보다 먼저 생겼다. 양원역이 있는 봉화군 소천면 분천리는 6·25 한국전쟁을 모르고 지냈다는 설이 있을 정도로 오지 마을이다. 영주에서 울진으로 가는 길에 있어서 버스를 타고 지나가 보았던 첩첩산중이다. 양원역은 승부역과 분천역 사이에 있는데 조금 특별한 역사를 가지고 있다.

봉화 양원역은 TV에도 몇 번 소개된 적이 있고, 현재 영화로 만들어져서 곧 개봉 예정이라고 한다. 양원마을은 낙동강 상류에 있는 마을로 낙동강을 사이에 두고 봉화 원곡마을과 울진 원곡마을로 나뉘어져 있었다. 생활권은 같지만, 행정구역상 두 곳에 걸쳐 있었던 것이다. 본래 승부역과 분천역 사이에는 역이 없었다. 양원마을 사람들은 기차를 이용할 때면 승부역과 분천역 사이에 있는 양원마을에서 본인의 보따리를 던져 놓고, 분천역에서 내려 양원마을까지 12km 산길을 걸어서 보따리를 찾아 집으로 갔다고 한다.

이러한 내용들이 TV에 소개되고 마을 사람들은 청와대에 민원을 넣는 등 다양한 노력을 하여 결국 지금의 양원역을 만들어 내었다. 물론 역 이름도 역사도 모두 마을 사람들이 직접 지었으니 우리나라 최초의 민자역사이며, 우리나라에서 가장 작은 역이기도 하다. 지금은 백두대간협곡열차(V-train)가 정차하는 곳으로 사람들에게 많이 알려져 있다. 이러한 양원역이 만들어진 이야기는 '기적'이라는 제목의 영화로 제작되었다.

그런데 몇 년 전 양원역 근처에는 또 하나의 기적이 만들어졌다. 라벤더 마을이 들어선 것이다. 양원역에서 분천역으로 가다 낙동강을 끼고 산모퉁이를 크게 돌면 눈앞에 보랏빛 바다가 펼쳐진다. 라벤더 마을이 있는 곳은 강 동쪽이니 울진군 금강송면이다.

재작년 여름, 해마다 열리는 고등학교 총동문회에 참석하기 위하여 울진으로 가던 길에 라벤더 마을에 들렀었다. 수도권에 사는 동기 몇 명이 함께 하였는데, 회장을 맡고 있는 친구에게 졸라 이곳을 경유지로 만들어 보랏빛 향연이 열리는 신비스러운 장소를 둘러볼 수 있었다. 라벤더를 활용하여 다양한 체험을 할 수 있는 프로그램이 있었지만 참여하지는 못하고, 주인분의 설명과 함께 차 대접을 받고 이곳저곳을 둘러보며 인증샷을 남겼다.

라벤더 마을을 둘러보고 난 다음 양원역 가는 길에 있는 낙동강변 자갈밭에서 준비해 간 점심을 먹었다. 우리 동기 중에서 유일하게 SKY대학을 간 친구가 점심거리를 준비해 왔는데, 얼마나 꼼꼼하게 챙겨왔는지 감탄을 할 정도였다. 라면은 특별히 짜파구리를 만들어 먹었는데, 영화 '기생충'의 짜파구리보다 역사가 앞서고, 만드는 법은 조금 다르다. 짜파게티와 너구리를 함께 넣어 국물 없는 라면을 만들었는데, 그 이유는 야외에서 먹을 때 국물을 만들면 버릴 곳도 마땅치 않고 환경을 오염시키기 때문이라고 했다. 뛰어난 공부 머리가 생활의 지혜로 이어졌나 보다.

양원역 가는 길 낙동강 강변에서 친구들과 함께 보낸 시간은 평화로웠다. 고향 가는 길이 여러 갈래가 있지만, 중앙고속도로를 이용하여 풍기 쪽으로 돌아갈 때면 꼭 들리는 곳이 하나 있다. 정도너츠라는 토종 도너츠 매장인데, 풍기IC에서 부석사 가는 길에 있다. 자동차 세 대를 이용하여 함께 가던 친구들 중에 가장 앞서 간 친구가 정도너츠의 대표 메뉴인 생강 도너츠를 푸짐하게 사왔다. 우리는 낙동강 상류 맑은 물이 굽이쳐 흐르는 풍광을 내려다보며 달달한 도너츠를 먹으면서 웃음꽃을 피울 수 있었다.

풀벌레 소리가 가득한 한여름 오지마을 여행은 오랜 객지 생활의 어려움을 잠시나마 잊게 해 주었고, 어린 시절을 함께 추억할 수 있는 소중한 시간이었다. 양원역은 봉화 원곡마을과 울진 원곡마을을 아우르는 역이기도 하지만, 양원마을에서 함께 한 시간은 우리 친구들의 꿈과 현실을 이어주는 사다리이기도 하였다. 친구들의 꿈을 응원하며 건강하고 행복한 삶을 함께 꾸려가기를 희망한다.

친구 없이 사는 것은 태양 없이 사는 것과 같다.

(A life without a friend is a life without a sun)

– 영어 속담

추억

다락리 산 7번지

다락리 산 7번지는 나에게 너무나 정겨운 주소이다. 젊은 날 나의 아이덴티티가 형성될 시기에 처음 발을 디뎌 40대 초반까지 인생의 많은 부분에 영향을 미쳤던 곳이다. 지금은 도로명주소로 바뀌어 태성탑연로가 되었는데 많이 낯설다.

이곳에는 1985년 개교한 한국교원대학교가 있는데, 교훈이 '사랑, 신뢰, 인내'이다. 이 학교는 기숙사를 생활관이라고 부르며 학년별, 성별로 생활관이 따로 있었다. 1학년 여학생 생활관은 사랑관이고, 남학생 생활관은 신뢰관이었다. 2학년 생활관은 남녀별로 인내관, 사임당관이었으며, 3학년은 각각 율곡관, 청람관이었다. 4학년 생활관은 둘로 나누어 남녀가 각각 입사했고, 이름은 다락관이었다.

나는 1988년에 입학하여 사랑관 222호에서 대학 생활을 시작하였다. 2층 맨끝방이었는데, 수학교육과, 일반사회교육과, 가정교육과 학생과 함께 4명이서 생활하였다. 사랑관은 각 실에 2층 침대 2개와 책상 4개, 옷장 4개가 있었고, 공용 샤워실과 화장실, 독서실이 있었다.

사랑관에 살던 시절에는 아침에 운동 시간이 있었다. 날마다 아침 6시가 되면 기상하여 대운동장에 다 함께 모여 아침 체조를 하였다. 입학하고 얼마간은 날씨가 굉장히 춥고 눈도 내렸었는데, 눈이 내리는 날도 눈 위에서 체조를 하였다. 어떤 동기들은 운동 나가기 싫어서 옷장에 숨기도 하고 화장실에 숨기도 했었지만, 그럴 배포가 없던 나는 날마다 고된 일상에 동원되었다. 그러다가 학생들의 강력한 항의에 학교 측은 아침 운동을 2학기부터 폐지하였다.

그렇지만, 생활관에서 의무적으로 해야 하는 일들은 많았다. 한 달에 두어 번 명사 특강을 들어야 했고, 날마다 밤 11시 점검하는 시간에는 모두가 자기 방에 있어야만 했다. 친구 방에 있다가도 점검 시간이 되면 본인 방에 돌아가서 점검을 받고 다시 모였다. 가끔 전열도구 점검도 했는데, 커피포트 같은 것들을 옷장 깊이 숨겼다가 다시 꺼내 쓰곤 했다. 모두들 알면서도 모르는 척 눈감아 주었을 것이다.

방문을 열면 큰 창이 바로 보이는데, 이 창틀에는 커피포트나 라디오 같은 물건들이 올려져 있었다. 1층 휴게실에 가면 TV가 있지만, TV를 보는 학생들보다 본인 방에서 라디오를 듣는 경우가 더 많았다. 나도 빨간색 긴 라디오를 가져다 놓았는데, 라디오 음악 프로그램에 엽서로 사연을 보내 소개되기도 하고 상품을 받기도 했다.

사임당관, 청람관을 거쳐 다락관을 터전으로 대학 4년을 보냈다. 특히 다락관에서는 동 대표를 하여 생활관 행사를 추진하였는데, 칵테일 파티가 기억에 남는다. 5월 축제 오픈 하우스 날에 다락관을 방문하는 남학생들에게 강매하다시피 해서 팔았는데, 이익금은 별로 없었다. 그냥 함께 준비했던 층 대표들과 재미있게 시간을 보낸 것에 의의를 두어야했다.

나는 초등교육과여서 인문, 사회, 과학, 예술, 체육 등 모든 분야를 공부해야 했기에 학교 건물의 대부분을 사용해 보았다. 인문관과 교양학관에서 가장 많은 시간을 보냈고, 음악관, 미술관, 체육관에서도 공부를 하였으며, 자연관에서도 수학과 과학 교수법 강의를 들었다. 동선이 길어서 강의실 찾아다니기 힘들 때도 있었지만, 지금 생각해 보니 그 덕분에 캠퍼스 곳곳을 가 볼 수 있는 기회가 되었던 것 같다.

도서관은 로비가 4층까지 트여 있어서 들어섰을 때 햇살이 기분 좋을 정도로 눈부셨고, 여자 화장실 입구 위에는 아주 큰 글씨로 학연후지부족(學然後知不足)이라고 쓰여 있었다. 몇 년 전 첨단도서관이 지어지기 전까지는 큰 글씨가 그 자리를 지키고 있었는데, 지금은 어찌되었을까? 그 글귀는 오래도록 나의 마음속에 자리 잡아 지금까지도 배움의 끈을 놓지 않는 나의 정체성에 큰 영향을 끼쳤다.

다락리 산 7번지는 석·박사과정을 거쳐 시간강사 기간까지 25년간 나와 연을 이어 갔는데, 최근에는 좀 소원해진 것 같다. 물론 초등총동문회 임원으로 일 년에 한두 번 찾기는 하지만, 그 마음이 예전 같지는 않다. 세월이 흐르면서 흰머리가 늘어나는 만큼 옛 기억은 점점 희미해져 가고, 현실에서 당면한 문제들이 내 생각의 가운데 자리들을 찾아든다.

진리를 추구하는 사람은 흙보다도 더한 겸허를 지녀야 한다.

- 간디

카레라이스

내가 다니던 대학교는 기숙사에서 생활하는 학생들이 이 천 명 정도 되었고, 조용하던 학교가 식사 시간이 되면 술렁거렸다. 여러 개의 건물에서 나온 학생들이 무리를 지어 식당을 향하여 걸어가는데 그 모습이 정말 장관이었다. 11시 50분경부터 시끌시끌해지면서 인문관 뒤에서 테니스장을 거쳐 식당으로 가는 길과 체육관 앞에서 운동장 옆을 지나 식당으로 가는 길에는 학생들이 삼삼오오 줄을 지어 걸어가는데, 위에서 내려다보면 행진을 하는 것처럼 보였을 것이다.

나는 대학 4년 내내 기숙사 생활을 하였다. 퇴사를 해야 하는 방학 동안 잠깐씩 자취를 할 때도 있었는데 그때는 학생 식당에서 매식을 하였다. 그런데 학교 식당에서 밥을 먹는 것이 너무 싫었다. 대학 2년간은 의무 입사였고, 3학년부터는 기숙사를 나가 자취 생활이 가능했으나, 부모님께서 허락해 주시지 않아 하는 수 없이 계속 학교에 남아 있어야만 했다. 주말이 되면 학생들의 기호를 고려한 특식이 나오기도 하였지만, 식판에 담아 먹는 밥은 왠지 맛이 없었다.

그런데 한 달에 한 번 정도 나오는 카레라이스는 정말 맛있었다. 카레라이스를 처음 먹어 본 것은 중학교 2학년 가사 실습 시간이었다. 비위에 안 맞는 듯했으나, 언제부터인가 좋아하는 음식으로 자리를 잡아 버렸다. 카레라이스는 토요일 점심 메뉴로 가끔 나왔는데, 나와 친구 A는 카레라이스가 나오는 날은 식사를 두 번 하였다. 그 당시에는 식당에서 바코드를 찍지 않았고, 누가 두 번 오는지는 더더욱 아무도 관심이 없었다. 칼로리 높은 음식을 양껏 먹고 포만감을 느끼면서 잠시 행복했었던 것 같다.

카레라이스 이야기는 여기서 끝나지 않는다. 졸업하고 발령 첫해 가을, 나는 파주에 있는 연수원으로 4주간 연수를 갔었다. 우연히 대학 동기 B와 함께 연수를 받게 되었는데, 또 우연히 숙소도 같았다. 156명 중에 내가 152번, B가 156번이어서 분임도 같았기 때문에 4주 내내 함께 다닐 수 있었다. 그 연수원은 식사가 잘 나오기로 소문난 곳이었는데, 과연 대학 기숙사 식당과 비교할 수 없을 정도로 음식이 다양하고 맛있었다.

그러던 어느 날 저녁 메뉴로 카레라이스가 나왔다. 나는 B에게 학창 시절 A와 함께 카레라이스를 두 번 먹은 이야기를 하며 그날도 B와 함께 식사를 한 번 더 했다. 두 번째 식사를 마치고 숙소로 가고 있는데, 같은 방을 쓰는 선배 선생님들이 손짓을 하며 불렀다. "아까 식사하는 것 봤는데, 나오다 보니 또 줄 서 있더라? 그걸 왜 두 번씩이나 먹어?" 하고 어이없어하며 깔깔 웃으셨다. 아무도 모를 줄 알았는데, 좀 민망하였다.

지금도 나는 카레라이스를 좋아하고 잘 만들기도 한다. 다만 우리 딸아이가 별로 좋아하지 않기 때문에 자주 만들어 먹지는 않는다. 언젠가 이태원에 있는 인도음식점에서 카레라이스를 먹은 적이 있는데, 그 맛은 내가 좋아하는 맛이 아니었다. 갖은 야채를 깍둑썰기하여 볶은 다음 카레가루를 풀어 넣고 푹 끓여 만든 나만의 카레라이스가 좋다. 내가 만들어 놓고 내가 맛있게 먹는 몇 안 되는 음식이다.

인간이 현명해지는 것은 경험에 의한 것이 아니고, 경험에 대처하는 능력에 따르는 것이다.
- 에머슨

목련

청량리와 춘천 사이에 전철이 개통되면서 경춘선 옛 철길과 역들이 폐쇄되는 곳들이 생겨났다. 평내역은 호평 택지지구 한가운데 지금의 판곡초등학교 앞에 있었다. 전철이 개통되기 전에 호평동으로 이사했던 나는 옛 평내역을 이용하여 서울과 수원을 몇 번 다녀온 적이 있다. 이 평내역 마당에는 아주 큰 목련나무가 있었다. 봄이 되자 입주가 시작된 지 얼마 되지 않아 황량한 동네에도 새싹들이 조금씩 돋아나기 시작했다. 평내역 목련나무에는 엄청나게 큰 송이의 목련이 주렁주렁 달려 장관을 이루었다.

전철이 개통되고 평내 역사가 폐쇄되면서 목련나무는 옮겨 심었는지 잘려 나갔는지 알 수 없지만 자취를 감추었고, 그 곳에는 큰 건물이 들어섰다. 해마다 목련이 탐스럽게 피어나는 4월이 되면 평내역 목련이 생각났다. 그리고 월곡초등학교 교문 옆에 있던 키가 큰 목련도 함께 오래전 봄날 오후를 떠올리게 한다.

91년 4월 나는 대학 부설학교인 월곡초등학교에서 교생실습을 하고 있었다. 내 이름이 남녀공용으로 쓰여 중성적인 특징이 있는데, 이 학교 연구부상님께서 내가 남학생이라고 생각하여 5학년에 배정하였다. 그 선생님은 남학생들이 저학년 학생들을 지도하는 것이 힘들까 봐 나름 배려하여 모두 5~6학년에 배정하였던 것이다. 다시 말하면 5~6학년 교생은 나 빼고 모두 남학생이었다.

어느 날 학교 뒷산에 불이 났다. 남자 교생들이 모두 나가서 화재 진압에 나섰고 다행히 불은 크게 번지지 않고 꺼졌다. 마을 주민들과 학교 측은 남자 교생들에게 고마워하였고 다음 날 음식을 대접하면서 그들의 공을 치하하였다. 나는 혼자 교실에서 뒷정리를 하고 교재연구를 하였다. 퇴근 시간이 다가와도 오지 않는 담임 선생님과 동료 교생들을 기다리며 2층 복도에서 교문 옆 목련을 바라보고 있었다.

당시 월곡초는 '아름다운 학교'로 선정되기 위하여 학교 안팎을 꽃과 나무로 예쁘게 정돈 중이었는데, 남자 교생들은 여기에도 동원이 되었다. 우리 반 담임 선생님께서는 점심 식사 후 남자 교생들을 데리고 화단으로 나가셨고, 유일한 여자 교생인 나는 우리 반 학생들과 함께 과학실에 가서 혼자 수업을 하였다. 수업은 엉망진창이었다. 교실 수업도 힘이 드는데, 과학실에 가서 제대로 된 교재 연구도 없이 수업을 하자니 너무 힘들었다. 그날도 난 학생들이 모두 하교하고 난 후 복도에 서서 멍하니 목련을 바라보고 있었다.

어느 날 교생실습을 함께하던 복학생 선배 A가 말을 걸어왔다. 5학년 2반 복도에 서면 그 앞에 무엇이 보이길래 저렇게 하염없이 쳐다보고 있을까 궁금했었다고 한다. 선배는 3학년 교실에서 실습을 하고 있었는데, 복도 끝 교실이라서 2층 전체가 한눈에 들어오기 때문에 내가 복도에 나와 서 있는 모습을 자주 보았다고 했다. 나는 지도교사인 담임 선생님도 남자분이시고, 같은 반 교생들이 모두 남학생들이다 보니 함께 의논하기도 어렵고 자꾸 소외되는 것 같아서 힘들다고 했다.

그 후 선배가 우리 반 남자 교생들에게 나를 좀 챙기라고 말을 했나 보다. 한 교생이 내가 가장 싫어하는 체육 수업을 도와주겠다고 하였다. 발야구 수업이었으니 어차피 공동으로 지도할 수밖에 없는 상황이지만, 본인이 감독을 할 테니 나는 운동장 어딘가에서 적당히 돕고 있으면 된다고 했다. 어차피 우리 담임 선생님은 운동장에 나오지 않으실 테니 말이다. 수업을 하다 보니 내가 걸리적거려서 한쪽에 나가 있는 것이 도움이 될 것 같았다. 그래서 나는 목련나무 밑에서 떨어진 꽃잎을 줍고 있었다.

그 때 누군가가 나를 큰 소리로 불렀다. 돌아보니 중앙현관 앞에서 연구부장님께서 나에게 손짓하고 계셨다. 얼른 달려가 보니, 지금 수업이 누구 수업이냐고 물어보신다. 들켜 버렸다. 나는 담임선생님 일도 제일 많이 도와드리고 내 수업이 아닌 수업도 얼떨결에 하면서 힘들게 지냈는데, 체육수업 딱 한 시간을 도움 받다가 불성실한 교생으로 낙인찍혀 버린 것 같아서 속상하였다. 다행히 오해는 풀렸고 학점도 잘 받고 실습을 무사히 끝냈다.

언젠가 누가 나를 목련 같다고 하였다. 목련 이미지가 나쁘지 않으니 고마운 비유이긴 하다. 목련은 중생대 백악기부터 지금까지 살아남은 식물이라고 한다. 생명력이 강하고 탐스럽게 피어나긴 하지만, 꽃이 질 때 그 모습이 아름답지 못하니 조금 아쉽다. 마당 있는 집을 구하면 대문 옆에 백목련과 자목련을 한 그루씩 심어서 봄이 시작될 때마다 내 마음 속 깊은 곳까지 봄 소식을 전해 주고 싶다.

좋은 말 한마디는 많은 책 중의 한 권보다 더 낫다.
  - 르나르

밥계란과 칼국수바지락

아주 오래된 옛날, 창밖으로 보이는 교문 앞 나무에 탐스러운 목련꽃이 주렁주렁 피어 있던 사월. 우리 대학의 부설초등학교는 다른 학교들보다 10여 년 일찍 학교 급식을 하고 있었다. 그런데 교생들에게는 점심 급식을 제공하지 않았다. 대부분의 교생들이 기숙사 생활을 하고 있었고, 부설학교는 면 소재지의 한적한 곳이라 시켜 먹을 곳도 마땅치 않아 점심 식사를 해결하기가 어려웠다.

궁여지책으로 우리는 대학기숙사 식당에서 아침 식사를 할 때 식판에 먹을 양의 2배를 가져와서, 미리 준비한 플라스틱 도시락에 담고 남은 음식으로 아침 식사를 했다. 물론 플라스틱 도시락에 담긴 밥과 반찬은 점심 식사용이었다. 담임 선생님과 학생들이 급식실로 식사를 하러 가고 나면 교생들끼리 모여 도시락을 함께 먹었는데, 메뉴는 아침 식사와 동일했다.

그러던 어느 날 아침 식사 메뉴 중에 계란말이가 나왔다. 난 도시락통에 계란말이를 3/4쯤 담고 밥은 조금 담은 도시락을 만들어 점심시간에 펼쳤다. 내가 '계란밥'이라고 하니까 함께 식사를 하던 선배가 '밥계란'이라고 하였다. 밥에다 계란을 얹으면 계란밥인데, 계란에다 밥을 얹어왔으니 밥계란이라는 것이다.

오늘 날씨가 제법 쌀쌀했던 시월의 셋째 주 월요일, 중입배정 학부모 설명회와 상담으로 분주한 일정을 마치고 저녁으로 칼국수를 해 먹었다. 바지락 한 팩이 생각보다 양이 많았지만, 남겨 봐야 결국에는 버릴 것 같아서 바지락을 모두 넣고 육수를 만들었다. 대신에 칼국수 생면을 조금만 넣어 바지락칼국수가 아니라 칼국수바지락이 되어 버렸다. 면보다 바지락이 더 많아 모양은 없었지만 진한 국물 맛이 일품인 제법 칼칼한 칼국수였다. 아니, 칼국수바지락이었다.

오늘 의도치 않게 칼국수바지락을 먹다가 까마득한 옛날의 밥계란이 생각났다.

우리들은 계절과 더불어 달라질 수는 있겠지만, 계절이 우리들을 바꿔놓지는 않는다.

- 칼릴 지브란

무심천

해마다 4월이 되면 무심천 둑방길에서 개나리꽃과 벚꽃이 전해 주는 봄소식이 그리워진다. 무심천은 청주 시내를 남북으로 가로지르는 긴 하천인데, 계절별로 시민들의 축제가 열리는 광장 역할을 하는 곳이다. 봄이 되면 땅 가까이에 개나리꽃과 그 위로 피어 있는 벚꽃이 마치 노란 띠와 분홍 띠처럼 보여 환상적인 풍경이 된다.

30여 년 전 나는 청주시 외곽에 있는 대학에서 기숙사 생활을 하고 있었다. 학생들의 대부분이 기숙사에서 생활하고 있었지만, 주말이 되면 많은 학생들이 본가로 돌아가서 대학 캠퍼스는 텅 비어 버리곤 했다. 우리 집은 한번 가려면 7시간 이상 걸렸기 때문에 한 학기에 한 번 정도만 다녀오고 다른 날들은 학교에서 시간을 보냈다.

학교에서 주말을 보내기 위한 가장 좋은 방법은 도서관에서 책을 빌려서 읽거나 음악실에 가서 피아노 연습을 하는 것이었다. 책은 한 번에 세 권씩 빌릴 수 있었는데, 세 권 빌리면 금요일 밤부터 일요일 저녁까지 읽기 딱 좋았다. 음악관은 기숙사에서 가장 먼 곳에 있었는데, 오가는 길에 보이는 학교 풍경을 보는 것이 좋았다. 음악관 옆 작은 언덕에는 동글동글한 탱자가 달려 있기도 했고, 접시꽃이 탐스럽게 피어 있기도 하였다.

대학 4학년이 되던 해 4월, 나는 교생실습 중이었다. 교생실습 중이다 보니 주말에 집에 가지 않고 학교에 남아 있던 친구들이 다른 때보다 많았다. 식목일이 있던 주말 저녁에 친구 M과 나는 무심천으로 나들이를 갔다. 야시장이 열리고 있었고, 사람들이 제법 많았다. 밤이 되니 날씨가 쌀쌀해져서 우리는 따뜻한 국수를 먹기 위하여 포장마차를 찾아 두리번거리고 있었다.

그런데, 저쪽에서 누군가 우리를 향해 손짓을 하고 있었다. 복학생 선배 A였다. 반가워서 가까이 가 보니 혼자 있는 것이 아니고 여자 동기 B와 함께였다. 우리는 그들과 합석하여 이런저런 이야기꽃을 피우고 있었는데, B가 자꾸 눈치를 주는 것 같았다. 그러고 보니 B가 A 선배를 좋아한다는 소문을 들은 적이 있었다. 이심전심이었는지 M이 먼저 자리에서 일어나 야시장 구경을 더 해야겠다고 하였다.

학교로 돌아오는 버스 안에서 우리는 B와 A 선배에 대하여 이야기하였다. 두 사람의 온도가 다른 것 같다고 남의 일에 괜한 걱정도 해주었다. 살짝 술에 취한 B의 눈빛에서 간절함과 실망을 함께 보았고, A 선배는 우리가 구세주라도 된 듯 난처한 상황을 모면하려 했던 것이었다. 끝내 두 사람은 이루어지지 않았다. 그날 B의 눈빛과 표정은 봄이 시작되는 무심천과 함께 오랫동안 내 기억 속에 자리 잡고 있다.

젊은이는 희망에 살고, 노인은 추억에 산다.

- 프랑스 격언

제2중부고속도로

우리나라는 좁은 국토에도 불구하고 고속도로가 무척 많다. 그
중에서 중부고속도로라는 이름을 가진 도로가 2개인데, 이들은 10
여 년 간격을 두고 건설되었고, 늦게 개통된 도로 이름은 제2중부
고속도로이다. 중부고속도로는 90년대 후반 개통되어 경부고속
도로의 통행량을 분산시켜 주는 역할을 톡톡히 하였다. 특이하게
도 아스팔트가 아니고 콘크리트 바닥으로 만들어졌다. 게다가 당
시 고속도로 제한 속도는 100km였는데, 이 도로는 120km였다.

경부고속도로는 서울에서 평택까지 시가지를 지나는 구간이
많고 정체가 심한 편이다. 하지만 중부고속도로는 산과 들을 배경
으로 달릴 수 있어서 좋다. 다만 왕복 4차선이어서 버스전용차선

이 없다. 뒤에 생긴 제2중부고속도로는 2000년대 중반에 개통되었다. 나는 경부고속도로보다는 중부고속도로를 주로 이용하였는데, 그러다 보니 자연스럽게 제2중부고속도로의 공사 과정을 지켜보게 되었다.

제2중부고속도로는 하남에서 호법까지 나들목이 없고 휴게소도 이천휴게소 하나였다. 지금은 마장휴게소가 크게 생겨서 여러 쇼핑센터를 거느린 명소가 되었지만 말이다. 이 도로는 중부고속도로보다 높이가 조금 높고 경사가 급한 편이다. 속도를 내다 보면 긴장되어서 나도 모르게 브레이크를 밟곤 했다. 그래서 나는 이 도로가 개통되고 나서도 한동안 먼저 건설된 중부고속도로를 이용하였다.

나는 주로 토평IC에서 서청주IC 구간을 이용하였는데, 중부고속도로와 제2중부고속도로가 갈라지기 전 광주 어디쯤에서 전광판으로 도로 상황을 알려준다. 어느 구간 몇 km가 정체인지, 공사 중이거나 사고처리 중인 구간이 있는지 등의 정보를 제공한다. 주로 제2중부고속도로가 막히는 날이 많았는데, 언젠가부터 나는 더 많이 막힌다는 이 도로로 진입하는 날이 많아졌다.

두 도로의 교통 상황을 알리는 전광판은 많은 운전자들을 생각에 잠기게 한다. 아주 잠깐이라도 망설이게 할 것이다. 내가 굳이 더 막힌다고 안내되는 도로를 이용한 이유는 전광판의 정보를 보고 많은 사람들이 덜 막히는 도로를 택할 것이라고 생각했기 때문이다. 그러면 더 막힌다는 도로가 덜 막히지 않을까 하는 얄팍한 기대를 했었다. 실제로 그랬는지 대부분 별 정체 없이 호법까지 갈 수 있었다.

우리가 목적지를 향해 달릴 때 택할 수 있는 길은 여러 갈래가 있다. 어떤 길을 택하더라도 목적지에 도달할 수 있겠지만, 과정은 모두 다를 것이다. 어려운 길이라 생각하여 비켜 가고자 했으나 또 다른 예기치 못한 난관이 기다릴 수 있고, 어려운 길이라도 가 보자고 용기를 내었는데 생각보다 어려움 없이 달려갈 수도 있다. 그러면 어떤 길을 선택해야 후회 없이 안전하게 목적지에 도착할 수 있을까?

순간순간 우리는 많은 선택을 하고 그 선택의 결과로 우리의 삶이 꾸려진다. 어떤 선택을 하든지 후회할 가능성이 많다. 나에게 완벽하게 유리한 길은 없을 테니 말이다. 그래서 나는 많은 사람들이 선택하지 않을 것 같은 길을 선택하기로 하였다. 남들이 가지 않을 거라고 기대되는 길은 고생스럽겠지만, 그 길을 무사히 통과했을 때의 성취감을 맛보고 싶었기 때문이다. 물론 그 길을 가면서 나의 선택을 엄청 후회하겠지만 말이다.

슬프고 좋지 않은 기억은 모두 잊어라. 과거를 더 이상 담지 말라. 사랑의 빛과 우리들에게 주어진 모든 것들의 빛 안에서 살아가라

- 페르시아 격언

운전철학

다음 회덕IC에서 서울 방향이요.

- 이런 데서 잘 가야 하는데.

그러게요. 여기서 길을 잘못 들어가면 기본 한 시간은 더 걸리지요. 우리 인생도 갈림길에서 선택을 잘해야 하는 것처럼.

- 맞아. 나도 운전하면서 인생 생각 많이 하는데, 이런 걸 운전철학이라고 불러.

나는 내 차선으로 규정 속도 잘 지키면서 가는데, 어떤 사람이 잘못해서 내 차를 들이받아요. 내 인생에는 그런 적이 너무 많아요.

- 그런 사람들이 의외로 많지. 자기 길이나 잘 가지, 남의 길을 왜 막고 난리야.

어느새 청주 IC를 나와 조치원 방면으로 달립니다.

내비게이션도 없이 원거리를 누비시는 우리 J박사님!

학교 입구에 있는 커피숍에서

아메리카노 한 잔을 사서 운전석에 넣어드리고,

안녕히 가시라 했는데,

굳이 연구실 앞까지 태워주십니다.

복 받으실 거예요.

교양학관 108호

　교양학관 108호는 우리 전공 연구실이었다. 공동 연구실이기는 하지만, 날마다 하루 종일 사용하는 사람은 나 혼자였다. 108호는 건물 정문 바로 옆에 있어서 누구나 관심을 가지면 연구실 안을 들여다볼 수 있어서 개인 생활이 보장되지 않기 때문에 좋은 위치는 아니었다. 언젠가 영화를 보다 교수님에게 들킨 뒤로 누가 뒤에서 보고 있지 않을까 걱정이 되어, 블라인드를 늘 내려놓고 지냈다.

　캠퍼스에 어둠이 내려앉고 불을 켜야 하는 시간이 되면 내가 연구실에 있는지 없는지 밖에서도 금방 알 수 있었다. 가끔씩 연구실은 사랑방이 되기도 했지만, 시끌벅적한 모임을 즐기고 싶을 땐 기피 장소였다. 치맥이나 피자를 시켜 놓고 수다를 떨고 싶을 때에는 2층에 있는 다른 연구실을 이용했다. 하지만, 우리 전공 동기 A와 다른 전공 친구 B와는 이곳을 아지트 삼아 밤늦게까지 이야기꽃을 피우곤 하였다.

A는 영재교육을 전공하였는데, 전공 지식뿐만 아니라 세상의 모든 지식을 알고 있을 것 같은 멀티영재였다. A와는 밥동무라서 점심이나 저녁 식사를 함께 하는 날이 많았는데, 전공에 관한 정보를 대부분 이 친구를 통해서 얻는 편이었다. 컴퓨터와 자동차 관련 지식도 풍부하여 도움을 많이 받았고, 여러 가지로 챙김을 받는 처지여서 나에게는 은인이었다.

B는 뇌과학을 공부하였는데, 중간에 전공 관련 갈등이 있어서 지도교수님을 변경하는 등 어려움이 있었지만 결국 학위를 받아 내었다. 참 대단한 친구였다. A가 108호실에 와서 한참 이야기를 나누다 보면 B에게서 전화가 오곤 했다. 공부 방해해서 미안한데, 차 한잔 줄 수 있냐고 말이다. 어떤 날엔 둘이 약속한 듯이 함께 방해해 줘서 고맙기도 했다. 이 친구들이 따로따로 시간을 가져가면 나는 이틀 밤을 새워야 할 지도 모르니까 말이다.

교양학관은 이 학교에서 가장 오래된 건물이라 많이 낡았고, 1층은 특히 추웠다. 중앙난방인 라디에이터는 오후 6시가 되면 꺼지고 전기난로와 무릎 담요에 의지하여 저녁 시간을 버티고 있으면 어깨부터 몸이 경직되고 집중이 잘 안 되었다. 전기포트에 물을 끓여 따뜻한 차를 마시다 보면 화장실에도 자주 가야 하는데, 추운 복도를 지나 저 멀리 화장실에 가는 것도 무척 번거로운 일이었다.

그렇지만, 그곳은 혼자만의 시간을 가질 수 있는 소중한 공간이었다. 논문 준비를 하고 강의 계획도 하고 내가 하고 싶었던 일을 마음껏 할 수 있는 공간으로 존재하였다. 사람들 발길이 많아 시끄러운 정문 옆방이었지만, 그렇기에 오다가다 들러서 인사하는 후배들도 있었고 간식 챙겨 주는 선배들도 있어서 혼자이면서 혼자가 아닐 수 있었다.

이후 졸업하고 나서 언젠가 연구실에 갈 기회가 있었다. 문을 열어 보니 내가 있던 당시 그대로였다. 책상 위치가 바뀌지 않았고, 책장을 둘러보고 캐비닛을 열어 봐도 그대로이다. 나는 내 공간이 새로 생기면 이것저것 모두 바꾸어 버리는데, 이곳을 거쳐 간 사람들은 그렇지 않았나 보다. A와 B가 즐겨 앉던 자리와 내가 못마땅해하던 파티션까지 예전 모습 그대로 남아 있었다. 덕분에 흔들리는 흑백영화 같은 나의 추억이 선명하게 내 가슴에서 춤을 추었다.

그대들은 이보다 더 한 일도 겪었소. 신께서 이번 일도 끝내 주실 것이오.
아마 이 고생도 언젠가는 즐거운 추억거리가 될 것이오.

- 아이네이스 1권

수타리봉

내가 다니던 대학 옆에 조그마한 산이 하나 있었다. 높이가 백 미터 정도밖에 안 되지만 수타리봉이라는 어엿한 이름도 있었고, 정상에는 정자와 나무 의자, 운동 기구가 몇 개 있었다. 연세 많으신 동네 어르신들과 대학 부설 연수원으로 자격연수를 받으러 오신 교장 선생님들께서 이곳으로 아침 운동을 많이 나오시곤 했다.

박사과정 시절 기숙사를 함께 사용하던 후배와 함께 아침마다 이 산을 올랐다. 어느 날 보니 후배는 나보다 발걸음도 빠르고 운동량이 많아서 내가 따라가기가 벅찼다. 그래서 방을 나갈 때에는 함께 가지만, 중간쯤에서 코스를 달리하여 정상에서 만나 함께 산을 내려왔다.

나는 빠른 길로 올라가고, 후배는 빙 돌아서 멀리 돌아 올라오니 항상 내가 먼저 정상에 도착하여 기다렸다. 혼자 멍하니 앉아 있던 어느 날, 할아버지 한 분이 말을 걸어오셨다. 사과와 홍삼을 건네시며 나의 이름과 하는 일을 물어보셨다. 그분은 인근 국립대학교 수학과 교수로 재직하시다 퇴임을 하여 이 동네로 이사 오셨다 했다.

그날 이후 김 교수라고 본인 소개를 하신 할아버지는 아침마다 간식을 챙겨 오셔서 나에게 건네시며 논문 준비로 고달픈 나를 응원해 주셨다. 내가 늦잠을 자서 늦게 가거나 가지 않는 날은 무슨 일이 있는 건 아닌가 걱정을 하시기도 했다. 이후 날씨가 점점 추워지면서 몸과 마음도 함께 움츠러들기 시작했고 룸메이트가 바뀌면서 결국 아침 운동은 그만두었다.

동구밖 과수원길을 함께 걷던 후배와는 학교로 복직을 하고 나서도 한동안 연락을 했었지만, 지금은 소식이 끊겨 버렸다. 앞방에 살던 동기와 후배도 지금은 연락하지 않고 지내고 있다. 생각해 보니 살면서 참 많은 사람들을 만났다. 잠깐씩 스쳐 가는 사람도 있었고, 오래도록 함께 만나는 사람도 있다.

어느 날 길을 가다 문득 생각나는 사람이 정말로 보고 싶은 사람일 수도 있고, 다시는 마주치고 싶지 않은 사람일 수도 있다. 난 보고 싶은 사람이 많은데, 그들은 나를 어떤 사람으로 기억할까? 수타리봉 김 교수님은 아직도 산을 오르고 계실까? 학업의 고단함을 함께 나누던 후배는 겨울이 시작되는 금요일 늦은 밤 지금 무엇을 하고 있을까?

계절이 바뀌면 꽃은 새롭게 피어나지만, 시들어 버린 아름다움은 다음 봄날을 기약할 수 없다.

- A. 필립스

노을

올해는 학급 담임이 아니라서 학년말 업무 부담이 크지 않을 줄 알았다. 그런데 11월이 시작되는 날부터 매일 중요한 일들이 파도처럼 밀려왔다. 오늘 사흘째 늦은 퇴근을 하였다. 자동차를 교문 밖으로 옮겨 놓고 차에서 내려 교문을 닫았다. 내가 매일 늦게 퇴근하는 바람에 당직 주무관님께서 추운 시간에 교문을 닫으러 나오는 것이 죄송했다. 다행히 오늘은 그리 늦지 않았다.

시내를 벗어나 고속도로로 접어드는데 서쪽 하늘빛이 얼마나 곱고 아름다운지 잠시 정신을 잃을 뻔했다. 붉은빛 위로 검푸른 빛이 내려앉는 중이었는데, 그들 사이에 자리잡은 오색 빛들이 만들어 내는 풍경은 너무도 황홀했다. 5시 58분, 11월 4일. 이맘때 이 시간 하늘이 저리도 곱구나. 참, 날마다 해 지는 시간은 달라지고, 내년 이맘때 이 시간에도 나는 서쪽 하늘을 보고 있을까 하는 생각에 살짝 웃음이 났다.

의왕 톨게이트를 지날 때쯤 차창 오른쪽으로 보이는 하늘을 내다보다 울컥 눈물이 났다. 6시 3분. 어제와 그저께는 왜 이 시간에 하늘을 보지 못했을까? 마음의 여유가 없었음이 안타까웠다. 80년대 후반 MBC창작동요제 입상작 중에 '노을'이라는 곡이 있었다. 노랫말이 아름답고 멜로디도 서정적인 이 노래는 많은 사람들의 사랑을 받았었다.

나도 모르게 노래를 흥얼거렸다. 그 순간 머릿속에는 노랫말과 같은 풍경이 그려지고, 숨어 있던 오래된 기억 하나가 스물스물 올라왔다. MBC창작동요제가 한창 인기가 많았던 90년대 초반 친구와 함께 약속한 것이 있었다. 나는 노랫말을 짓고, 친구는 멜로디를 만들어 창작동요제에 출전해 보자고 말이다.

언젠가 해가 뉘엿뉘엿 질 무렵 우리는 함께 버스를 타고 어디론가 가고 있었다. 시내버스 좌석에 앞뒤로 앉아서 이런저런 대화를 나누고 있었는데, 내가 '노을'과 '그림 그리고 싶은 날'이 너무 좋아서 혼자 피아노 반주하면서 노래를 부른다고 말했다. 이 두 노래의 가사는 어린 시절 고향 마을의 풍경과 뒷동산에서 그림 그리던 내 모습을 떠올리게 하고 저절로 미소 짓게 하는 고마운 곡이었다.

결국 함께 곡을 만들어 보자던 우리의 약속은 지키지 못했다. 그 친구는 지금 제주도에서 살고 있는데, 예전만큼 마음을 나누지 못하고 소원해진 지 오래다. 몇 년 전 직원 여행을 갔다가 잠깐 만난 적이 있었는데, 요즘도 창작동요제 하는가? 하면서 옛날이야기를 하긴 했지만, 지금이라도 한번 해 볼까 하는 말은 둘 다 꺼내지 못하였다.

늦가을 저녁 노을을 바라보다 노랫말만큼 아름다운 젊은 날의 기억 하나 소환하고, 노을처럼 붉은빛 자동차를 타고 애월 바닷가 카페에 나타난 친구에게까지 생각이 미치면서 설렘과 흐뭇함으로 저녁 시간이 가득 채워지고 있다. 노랫말을 짓고 그림을 그리면서 살 수 있으면 정말 좋겠다.

자연의 아름다움은 그 자신의 마음의 아름다움이다.

- 랄프 왈도 에머슨

그리움

옥반지

옥반지는 아주 오래된 내 닉네임이다. 왜 옥반지인지 물어보는 사람들이 있는데, 그럴 때마다 이렇게 또는 저렇게 두 가지 버전으로 이야기한다. 일부러 그러는 것은 아닌데, 기억력이 점점 쇠퇴하면서 옛날 일들이 시시콜콜하게 생각나지 않아 그때그때 다르게 이야기하는 것 같기도 하다.

첫 번째 버전은 학교 관련이다. 나의 두 번째 근무지는 양평에 있는 옥천초등학교였다. 보통 초등학교는 여교사 비율이 높은 편인데, 그 학교는 남교사 비율이 높은 특이한 학교였다. 교장, 교감, 행정실장, 부장들이 모두 남성이었고, 남교사끼리 동학년이었으며 교과전담 선생님도 남자분이었다. 여직원이 귀한 곳이었다.

자연스레 몇 명 안 되는 여직원들이 모여서 모임을 만들었다. 그리고 모임 이름은 옥비녀-옥천 비밀 여자 모임-라고 지었다. 우리 옥비녀는 한 달에 한 번 2만 원씩 회비를 내어 돌아가면서 한 명씩 태워 주는 계를 운영하기로 하였고, 월급날 왕언니 교실에 모여서 추첨을 하고 퇴근 후에는 함께 저녁 식사를 하곤 했다.

거기서 더 나아가 우리는 옥비녀라는 다음 카페를 만들었고 그 안에서 학교 안팎 이야기를 나누며 서로의 애환을 나누었다. 카페 가입을 위한 닉네임을 고민하다 나는 옥반지라고 이름을 지었고, 카페 운영자인 보건선생님은 옥토끼라고 이름을 지었다. 다른 이들의 닉네임은 잘 생각나지 않지만 '옥'자 돌림을 맞추어 보려고 노력하면서 함께 웃었던 기억이 난다.

두 번째 버전은 진짜 옥반지 관련이다. 춘천에는 세계적으로 유명한 옥 광산이 있는데, 그곳에 가면 옥으로 만든 목걸이와 반지 등 액세서리를 판매하고 옥 찜질방도 운영한다. 어느 날 춘천 옥이 두통을 완화시키는 효과가 있다는 말을 듣고 옥 광산에 가서 옥반지를 한 쌍 구입하였다.

옥반지는 다른 반지와 다르게 한번 구입하면 크기를 조정할 수 없다. 돌을 늘릴 수는 없으니 말이다. 그런데 옥반지 구입 이후 살이 점점 쪄서 편안하게 낄 수가 없어서 결국 그 옥반지는 화장대 깊숙한 곳으로 들어가는 신세가 되었다.

어느 날 퇴근 후 침대에 누워 있는데, 유치원 다니던 아들이 화장대를 뒤져서 옥반지를 찾아 내 손가락에 끼워 주었다. 엄마가 머리 아파서 누워 있는 줄 알고 아프지 말라고 어렵게 반지를 찾아 끼워 준 것이다. 그러면서 옥반지는 엄마의 수호천사이니, 이제부터 아프면 옥반지를 부르라고 하였다. 눈치가 빠르고 예민한 아들은 나의 컨디션을 살피며 "옥반지?"를 물었고, 사람들은 옥반지가 무엇인지 궁금해하였다.

지금 생각해 보니 옥반지를 사서 끼고 다닌 것이 먼저이고, 다음 카페 닉네임은 나중인 것 같다. 옥반지를 낄 거냐고 물어보는 아들의 표정과 다음 카페를 개설하고 수다를 떨던 옥천초 보건실의 모습은 지금도 눈에 선하다. 동글동글 눈망울이 귀여웠던 아들은 어느새 청년 사업가가 되었는데, 옥비녀 선생님들은 그 시절을 어떤 빛깔, 어떤 그림으로 추억하고 있을까?

역경은 사람을 부유하게 하지는 않으나 지혜롭게 한다.

- 풀러

두물머리의 추억

시월 초 황금연휴가 시작되던 날, 아주 오랜만에 자전거를 타고 양평에 있는 두물머리에 갔다. 가을 여행에 갑자기 자전거가 등장한 것은 함께 근무하는 장 선생님의 제안 때문이었다. 평소 자전거 여행을 즐기는 장 선생님은 가끔 운동을 함께 하거나 간식을 나누어 먹는 직장 동료인데, 얼마 전 친하게 지내는 최 선생님과 셋이서 우연히 수원에 있는 화성을 다녀온 후 급격하게 친해졌다.

9월 말 어느 화창한 날 퇴근길에 번개모임으로 화성을 다녀오게 되었는데, 가을이 무르익은 행궁마을에서 바라다본 서장대 위로 두둥실 떠 오른 보름달은 설렘과 풍요로움을 한꺼번에 안겨주어 모처럼 편안한 시간을 보낼 수 있었다. 또 방화수류정에 올라

멋진 야경을 내려다보면서 두런두런 피우던 이야기꽃은 가을 여행을 계획하는 알찬 열매를 맺게 되었다.

자전거 여행을 계획하고 나서 당일 아침까지 자전거를 잘 탈 수 있을까 하는 부담이 있었지만, 언젠가 혼자 다녀왔던 팔당 사전거 길에 대한 느낌이 너무도 좋았던지라 용기를 내어 출발하였다. 우리 셋은 아침 일찍 과천에서 만나 전철을 타고 팔당역으로 갔다. 팔당으로 가는 전철은 지상철이라 군데군데 한강의 모습이 보였기에 가을날 휴일의 정취를 여유 있게 느껴볼 수 있었다.

팔당역에 도착하여 근처에 있는 자전거 대여점에서 자전거 세 대를 빌려 타고 한강변을 씽씽 달렸다. 그러다 팔당댐 상류가 시원스레 내려다보이는 언덕에서 쉬어 가게 되었다. 높고 푸른 하늘과 맑고 넓은 강이 있는 아름다운 길가에서 간식을 나누어 먹고 다양한 포즈로 사진도 찍으면서 가을 풍경에 풍덩 빠져 아주 오래도록 머물러 있었다.

그리고 지금은 폐역이 된 능내역에 들렀다. 데이트 코스로 유명한 운치 있는 그곳에서 두 번째 포토타임을 가졌다. 역 건물 앞에 포토존이 있었는데, 유명 연예인이 광고를 촬영한 곳이라 줄을 서서 사진을 찍었다. 다시 출발하여 꽤 오래 자전거를 탄 덕분에 라이딩에 조금 익숙해지며 자신감이 막 생겨나고 있었는데, 북한강 철교 초입에서 언덕길을 오르지 못하고 브레이크를 잡는 바람에 꽈당 넘어져 버렸다. 다행히 많이 다치지는 않았지만, 그 후 며칠 동안 무릎에서 통증이 살짝살짝 느껴졌었다.

북한강 철교 위에는 바람이 매우 세차게 불었다. 북한강 푸른 물 위를 자전거 바퀴가 굴러갈 때마다 다리 상판이 살짝살짝 움직이면서 나는 소리는 즐거운 노래가 되어 나도 모르게 웃음 짓게 만들었고, 온 몸을 부드럽게 감싸안은 강바람은 머릿속을 어지럽히던 여러 가지 스트레스를 저 멀리 날려 보내주었다. 몸과 마음이 모두 시원해지는 고마운 시간이었다.

양수역 근처에서 점심식사를 하고 두물머리로 달려갔다. 두물머리는 나에게 많은 추억을 선물해 준 고마운 곳이다. 양평에서 살던 시절 날씨가 좋은 날이면 직장 동료들과 함께 아이들을 데리고 재미있는 시간을 보내곤 했었다. 퇴근하고 나서 집으로 돌아가 각자 먹을거리를 챙겨서 두물머리 느티나무 옆에 모여 함께 나누어 먹고 놀던 날이 많았다. 지금은 개발이 되고 찾는 사람이 많아

져서 지역 주민들의 공간이 아니라 수도권에 사는 많은 사람들의 힐링 공간이 되었다.

당시 양수초등학교 관사에서 살던 이 선생님이 리더 역할을 하여 역할 분담을 하면 나머지 사람들은 맡은 바 책임을 다하여 먹거리를 가져오는 방식이었다. 어느 날 내가 수박 당번이던 날, 마트에서 수박을 사서 통째로 가져갔다가 이 선생님에게 혼이 났다. 먹기 좋게 썰어서 통에 담아 와야지 이대로 가져오면 어떡하냐고 말이다. 생각해 보니 그랬다. 그 후로 나는 다른 사람들과 함께 음식을 나눠 먹을 때면 그 날의 수박 생각이 난다.

두물머리의 명물인 느티나무 앞에 서면 강물에 파도가 일렁이는 것을 볼 수 있다. 꼭 바다처럼 말이다. 세차게 흐르는 강물 위로 오리들이 헤엄치고 있었다. 물속에 있는 발을 얼마나 빨리 움직이는지 애처로울 정도이다. 저 멀리 보이는 용담대교는 양평 읍내로 가는 2차선 도로이다. 강물 위에 있는 다리는 보통 가로질러 있어서 강을 건너는 용도인데, 특이하게도 용담대교는 강을 따라가는 도로이다. 산과 강이 맞붙어 있어서 도로를 넓힐 수 없던 탓에 궁여지책으로 만든 다리인데, 경관이 좋아 명소가 되었다. 해가 지면 용담대교에 가로등이 켜지고 그 그림자가 강 아래로 비추어 황홀

한 야경을 만들어 낸다.

지금은 세미원이라는 연꽃 정원도 생기고, 정조대왕이 한강을 건널 때 만들었다는 배다리도 띄워 놓아 볼거리가 많아졌다. 연꽃으로 만든 음식과 체험 활동을 할 수 있는 곳도 있다. 특히 연핫도그는 두물머리의 명물이 되었다. 별 기대 없이 사 먹었는데, 그 맛이 일품이었다. 집에 와서도 다음 날까지 입 안에서 식감이 그대로 느껴져서 또 먹고 싶어졌다.

느티나무 옆쪽으로 카페가 몇 군데 생겼는데, 전망 좋은 곳은 자리가 이미 꽉 차 있어 다들 잔디밭에서 쉬고 있거나 포토존에서 사진을 찍고 있었다. 액자처럼 만들어 놓은 두물머리 인증샷 명소는 기다리는 줄이 너무 길어서 포기하고 표지석 앞에서 사진을 찍고 나무 의자에 앉아서 소담소담 이야기를 나누었다. 두물머리 나무 의자는 특이하게도 가운데가 움푹 들어가고 가장자리가 높다. 함께 앉아 있으면 가운데로 쏠려 가까워진다. 어색한 연인들이 살짝 떨어져 앉더라도 어쩔 수 없이 가깝게 자리할 수밖에 없다.

해가 지기 전에 서둘러 자전거를 다시 타고 양수역으로 향하였다. 팔당역으로 되돌아가지 않고 반대 방향인 신원역 쪽으로 자전거를 타고 달렸다. 좀 늦은 시간이라 그런지 길에 자전거도 없고 사람도 없어서 우리 셋은 여유 있게 달릴 수 있었다. 신원역에 도착하자마자 곧 해는 서산너머로 떨어지고 사방이 어두워졌다. 라이트가 없는 자전거였는데 시간을 정말 잘 맞추어 도착한것 같아 뿌듯하였다. 자전거를 반납하고 신원역 주변을 천천히 한 바퀴 둘러본 후 집으로 돌아오는 전철을 타러 갔다.

남양주에 살 때 혼자 자전거를 타고 두물머리에 가 본 적이 있었지만, 동료들과 함께 자전거 여행을 한 건 이번이 처음이었다. 가끔 자전거를 타고 북한강 철교 위를 달리고 싶다는 생각을 한 적이 있었는데, 좋은 사람들과 함께 좋은 계절에 다시 찾을 수 있어서 정말 기뻤다. 또 언젠가 시간이 많이 흐르고 나면 자르지 않은 수박처럼 자전거와 함께 두물머리를 추억하는 날이 올 것이다.

시간은 일종의 지나가는 사건들의 강물이며 그 물살은 세다. 그리하여 어떤 것이 나타났는가 하면 금방 스쳐가 버리고 다른 것이 그 자리를 대신 차지한다.

- 마르쿠스 아우렐리우스

양평

양평은 내 두 아이들의 고향.

20대 중반에서 30대 중반까지

내 인생의 가장 중요한 시기를 보낸 곳이기도 하다.

어려서부터 좋은 자연환경과 넉넉한 인심 속에서 자라서인지

양평 살 때에는 그곳이 아름답고 훈훈한 곳이라는 생각을 못

했었다.

도시로 도시로

자연환경보다는 인문환경이 지배하는 곳으로 갈수록

사람 마음도 척박해지는 것 같다.

오늘 양평에서 집으로 오면서

일부러 길을 돌아 수청리와 분원리를 지나왔다.

시속 40km로 달려도

불안하게 뒤쫓아와서 빵빵거리는 차도 없고

남한강 은빛 물결을 힐끗힐끗 쳐다보면서

마음에 여유가 생기는 듯했다.

그러다 커피 트럭을 만났을 때

달콤한 라떼 한 잔 사고 싶었으나

수중에 현금이 없어 포기했고,

붕어찜 거리를 지날 때

함께 가시를 발라 먹을 일행이 없어 포기했다.

날씨 좋은 날

지갑에 현금을 채워서

좋은 사람과 함께

남한강 따라 양평 가는 길 꿈꾸어 본다.

구둔역

중앙선 철길이 전철화되면서 폐역이 된 곳이 몇 곳 있다. 팔당댐 상류에 있는 능내역과 양평에 있는 구둔역은 폐역이 되고 나서야 사람들이 많이 찾는 명소가 되었다. 그중 구둔역은 일제 강점기 때 만들어져서 원래 모습을 간직하고 있는 몇 안 되는 역사 중 하나라고 한다.

구둔역은 하루에 세 차례 비둘기호가 서는 역이었다. 아침과 저녁 출퇴근 시간과 오후에 한 차례 더 기차를 탈 수 있었다. 봄이 되면 서울에서 고래산으로 나물을 캐러 오는 중년 남녀들이 객실을 채우고 조용하던 시골 간이역이 시끌벅적해졌지만, 다른 계절에는 역에서 사람을 만나기가 어려웠다.

구둔역은 산 중턱에 있는 곳이라 기차에서 내려 마을로 오려면 내리막길을 걸어가야 한다. 역사 바로 옆은 나지막한 산이 있어서 역에서는 마을이 잘 보이지 않고, 반 구비 정도 돌아가면 논과 밭, 집들이 보이기 시작한다. 거기서 조금 더 돌아가면 아담한 2층 건물이 나타나는데, 바로 일신분교이다.

나는 2003년부터 2년간 이 곳에서 근무하였다. 일신분교는 1~2학년, 3~4학년, 5~6학년이 함께 공부하는 복식학급으로 전교 3학급, 전교생 34명 밖에 안되는 아주 작은 학교였다. 첫해는 1~2학년을, 두 번째 해는 3~4학년을 맡았다. 1~2학년은 통합교과 시수가 많고 수업내용이 어렵지 않아 함께 공부할 만했는데, 3~4학년은 어려움이 많았다.

두 개 학년이지만 한 학급이었기 때문에 교실은 한 칸을 사용했다. 교실 한 칸을 반으로 나누어 왼쪽은 3학년, 오른쪽은 4학년, 선생님은 왔다 갔다 하면서 수업을 하였다. 3학년 앞쪽으로 TV와 비디오 플레이어, 실물화상기가 있었고, 4학년 앞쪽에도 똑같은 기계가 세팅되어 있었다.

학생수는 10명 안팎이어서 많은 편이 아니었으나, 40분 동안 두 개 학년을 넘나들면서 수업하는 것은 몹시 힘들었다. 나의 머리를 반으로 나누어 왼쪽은 3학년을, 오른쪽은 4학년을 생각할 수 있었으면 좋겠다고 생각하였다. 그렇지만, 관리자가 함께 근무하지 않아서 자유롭게 교육활동을 펼칠 수 있는 장점도 있었다.

동네 주민들도 호의적이어서 제삿날이나 잔칫날에 교직원들을 초대하였고, 당직 주무관이었던 분은 개구리를 잡아 와서 구워 주기도 하였다. 나는 음식을 가리는 편이 아니었지만 황소개구리 다리는 정말 먹을 수가 없어서 외면하였다. 어떤 날은 학교 앞 하천변에서 개를 잡기도 하였는데, 그런 날은 어김없이 마을회관으로 점심 초대를 받았다. 남자 직원들은 초대에 응하였지만, 여자 직원들은 이런저런 핑계로 피해 나가는 편이었다.

어느 날 우리 교직원 여섯 명은 주문진으로 직원 여행을 가기로 하였다. 퇴근 시간 한 시간 전에는 출발해야 차 막히는 시간을 피하고 식사 후 다시 집으로 돌아올 수 있을 것 같았는데, 모두가 한꺼번에 조퇴할 수 없는 상황이어서 난감하게 되었다. 본교에서 전화만 안 하면 우리가 학교에 있는지 없는지 알 수 없겠지만, 동네에 사시는 당직 주무관님께서 출근하시면 교대를 해야 했으니 학교를 비울 수가 없었다.

고민 끝에 우리는 당직 주무관님을 매수(?)하여 함께 가기로 하였다. 4시에 세콤으로 학교를 단단히 무장시켜 놓고 7인승 카니발을 타고 영동고속도로에 올라탔다. 주문진까지는 두 시간 남짓 걸렸다. 바다 내음과 더불어 싱싱한 회를 배부르게 먹고 학교로 다시 돌아오니 밤 11시. 당직 주무관님은 학교로 들어가시고 우리는 집으로 갔다.

다행히 본교에서도 마을에서도 모르는 것 같았다. 우리 일곱 명만 입을 다물고 있으면 완전범죄였다. 하지만 무용담을 자랑하고 싶었던 한 명 때문에 본교의 교장, 교감 선생님들께서 이 날의 일탈을 아시게 되었고 우리는 무지하게 혼이 났다. 징계감이었지만, 구두경고로 넘어간 학교 측에 감사하여야 했다.

일신리에는 눈이 많이 내렸다. 행정구역은 경기도였지만, 자연환경이나 기후는 강원도에 가까웠다. 지평에서 일신리로 넘어오는 고개가 하나 있는데, 이 고개가 기후 경계선이었다. 눈이 많이 내리는 날에는 사고 위험이 커서 운전을 하여 출근하기가 어려웠고 기차를 이용해야만 하였다. 운동장에 눈이 쌓이는 날에는 동네에서 트랙터를 빌려주어 눈을 치웠고 아이들은 강아지처럼 눈밭에서 뛰어놀았다.

서울 청량리역에서 부산 부전역을 오가는 중앙선 철로는 학교 옆 산 중턱에서 하늘로 뻗어 있어 기차가 지나갈 때마다 은하철도 999를 연상하게 하였다. 정동진으로 일출 기차여행을 가는 모든 사람들이 우리 학교 옆을 지나갔을 텐데 구둔역 아래에 이렇게 예쁜 학교가 있는 건 몰랐을 것이다.

지금은 구둔역과 마찬가지로 일신분교도 폐교되었다. 오늘 아침 TV에서 자전거 여행하는 이가 아름다운 양평 풍경을 보여주었다. 오래된 기억들이 파편이 되어 날아다닌다. 시간은 기억을 추억으로 만들어준다.

사랑과 창의력과 책임감을 수반하는 고통은 또한 기쁨을 주기도 한다.

- 칼릴 지브란

초등국어교육연구회

우리 연구회 노상 워크숍이 있던 5월 마지막 토요일, 여느 때처럼 찌부둥한 상태로 몸을 일으켜 아침 일찍 춘천 갈 채비를 하고, 약속 장소로 나왔다. 부지런한 안 선생님이 제일 먼저 나와 기다리고, 김 선생님과 정 선생님이 차례대로 도착했다. 일산에서 출발한 버스는 호평에 도착하기까지 40분 이상 걸릴 듯하여, 길가에 쭈그리고 앉아 이야기꽃을 피웠다.

안 선생님은 우리 학교 생활인권부장으로, 내가 제일 믿고 함께 일을 도모할 수 있는 좋은 선생님이다. 작년 9월 교장, 교감 선생님께서 한꺼번에 바뀌어 초보 교무부장인 내가 정신 못차리고 2학기 내내 헤르페스의 공격에 무차별하게 당하고 있었는데, 업무의 많은 부분을 함께 해 준 고마운 선생님이다.

김 선생님은 이웃 학교 부장님으로, 작년에 교감자격연수를 받고 9월 발령을 기다리고 있는 예비 교감선생님이시다. 곧 교감님이 되실 건데도 여러 가지 연수를 많이 받으시고 개인적으로도 공부를 많이 하시고 또 학교 업무 전반에 관하여 도움을 많이 주셔서 후배들에게 귀감이 되는 선생님이시다.

정 선생님은 재작년에 우리 학교에서 기간제 교사를 하다가 이웃 학교에 발령받은 신규 선생님이다. 영어 담당이라 당시 교육과정부장이던 나와 함께 원어민 보조교사를 네 차례나 교체하면서, 원어민 교사 관리로 많은 어려움을 함께 겪어 유대감이 돈독해진 '정 패밀리'의 일원이다.

또 한 사람, 춘천에서 만날 또 다른 김 선생님은 나의 대학 후배로 오래전 20일간 영어 연수를 함께 받은 인연이 있고, 이번에 우리 학교로 와서 나의 든든한 지원자가 되어 주었다. 이전 학교에서 마침 내 막내 동생과 함께 근무하면서 동학년을 하여 인연이 더욱 깊다고 할 수 있다.

강원대에서 셰익스피어 전문가 한 교수님 강의에 홀딱 반해 버린 우리는 점심식사를 하지 말고 강의를 계속 들었으면 좋겠다고 투덜거리며 식당으로 향했다. 식당에 도착한 후에는 맛있는 막국수와 부침개, 동동주에 취해 저녁도 이곳에서 함께 먹고 가기로 즉석 규합이 되었다. 결국은 일정이 끝난 후에 따로 춘천에 남아 닭갈비를 먹게 되었고, 서로의 신상을 털어가며 즐거운 시간을 보내고 돌아왔다.

사실 나를 제외한 이 네 사람은 서로 모르는 상태에서 '요날' 친해져서 단톡방을 열어 가끔씩 수다도 떨고 '정분'을 쌓고 있는 중이다. 이렇게 연구회가 맺어준 인연 덕분에 서로에 대하여 조금 더 잘 알게 되고 더욱 친해져서 '여름방학 공모연수'를 함께 추진할 수 있는 힘이 만들어진 것 같다.

나이가 들고 경험이 많아지면서 느끼는 것 중 하나는, 세상에서 나 혼자 할 수 있는 일은 없다는 것이다. 무슨 일이든 함께 할 때가 보람 있고 즐거움도 더하다는 생각을 하였다. 좋은 사람들과 긍정적인 관계를 만들어 함께 할 수 있을 때 내 삶도 더욱 반짝반짝 빛날 것이라 믿는다.

2011년 군포에서 우리 연구회의 연구위원님들을 처음 만났을 때는 서먹서먹하여 한 상에서 식사를 하는 것도 어려웠지만, 5년째 연구위원에 이름을 올리면서 함께 한 시간 덕분에 지금은 많이 친근해졌고, 또 한 학교에서 함께 근무하면 좋겠다는 생각도 하게 되었다. 그리고 연구위원 후배들도 말 한마디 한마디와 행동거지 하나하나가 무척 예쁘고 보기가 좋다. 배울 점들이 많은 훌륭한 분들과 만나게 되어 나는 참 운이 좋은 것 같다.

우리 연구회가 주제 관련 워크샵과 연수를 많이 해서 연구위원과 회원들의 역량강화에도 기여하고 있지만, 행사에 참여한 연구위원과 회원들의 친목 도모와 유대감 형성에 성공함으로써 내부적으로 연구회에 대한 자부심을 느끼게 하고 다른 연구회에 모범 사례를 보여 주는 것이라 생각한다. 연구위원으로 선정되어 나 자신의 개인적인 성장이나 관계 형성에 많은 도움을 받게 된 점 깊이 감사드린다.

빨리 가려면 혼자 가고, 멀리 가려면 함께 가라
- 인디언 속담

기억 & 추억

오늘 한글날

집 밖으로 한걸음도 나가지 않았다.

클림트의 '생명의 나무'를 현관으로 들이고,

나의 선택을 기특해하며 흐뭇한 시간을 보냈다.

유튜브에서 고른 피아노 연주는

햇살을 가득 품고 게으른 내 몸을 일으켜 앉혀

평화를 선물로 주었다.

현관문의 부엉이 종은 올해 수덕사에서 새로 구입하였다.

문을 여닫을 때 종소리가 들리면 복이 들어온단다.

그랬으면 좋겠다.

그와 함께 있는 자석들은

나에게 살아야 하는 이유와

내가 살아갈 힘을

깨닫게 하는 추억 소환품들이다.

출근할 때 기분 좋은 아침을 선물해 준다.

까만 밤하늘에 별이 반짝이는 곳은

부산감천문화마을이다.

감천은 항상 따뜻하고 부드러운 미소로

나를 대해 주던 친구의 고향이다.

29년 전 여름이 시작되던 유월 말,

농활을 떠났던 그 친구는

억수같이 쏟아지던 장맛비와 함께 하늘나라로 가 버렸다.

밥해 줘. 다음 주에 해 줄게.

마지막 대화, 약속은 지켜지지 못했다.

그해 여름, 비가 그렇게 오지 않았다면

내 인생이 달라졌을 거라 생각했다.

적어도 지금보다는 명도가 높았을 것이다.

런던아이와 빅벤 자석은 여름이 지나간 해운대에서

아이리스 휘슬 연주를 하던 버스커에게 받았다.

친구들과 함께 술 마시러 갈 때 연주하는 걸 보았는데,

실컷 마시고 돌아오는 길에도 계속 자리를 지키고 있었다.

얼마나 오래 연주했을까?

그런데 혼자다. 친구들과 함께 연주를 들어 주었다.

술기운이 가득한 관객들을 선동해

물결을 만들고 질문을 모래알처럼 던졌다.

지난 주에 영국 템즈강에서 버스킹을 했다며

기념으로 구입했다는 자석을 나에게 주었다.

고마웠다. 그는 나에게 고맙다고 했다.

그의 아름다운 꿈은 지금 어디쯤 가고 있을까?

시월 이야기

오랜만에 양평 나들이를 하게 되었다. 옥천 신복리에 있는 카페 펠리시아에서 작가님을 만나기로 했는데, 조퇴를 하고 길을 나서는데 기분이 묘하다. 긴장도 된다. 잘할 수 있을까? 작년에 포기해 버린 글쓰기를 다시 시작하려니 걱정이 앞선다.

이런저런 생각을 하며 팔당을 거쳐 양수리로 접어드는 길, 내가 많이 좋아하던 길이다. 예전에 양평에서 살던 시절 다른 지역으로 이사할 곳을 알아보기 위하여 여기저기 돌아다녔던 때가 있었는데, 마음에 차지 않아 양평에 있는 집으로 다시 돌아가면서 이 길에서 항상 포기하였다. 이렇게 예쁘고 멋진 곳을 두고 어딜 가나? 그렇게 지내다보니 13년을 양평에서 보내게 되었다. 그것도 23살에서 35살까지, 나의 반짝반짝 빛나는 청춘을 모두 이곳에서 보냈다.

그런데 오늘은 머릿속에 생각이 많아서였는지 뒷차 꽁무니만 따라오다 보니, 그 길을 놓쳤다. 터널을 빠져나오면서 바로 보이는 두물머리의 풍경은 내 청춘을 꽁꽁 붙들어 맬 정도로 아름다웠는데, 오늘 그 그림을 놓쳐 버렸다. 많이 아쉬웠지만 차를 돌려 다시 올 순 없고 용담대교를 지나 양평 시내 쪽으로 계속 나아갔다. 오늘따라 뿌옜다. 안개인가 미세먼지인가 안경을 쓰지 않아서인가 잘 모르겠지만, 남한강변의 선명한 단풍을 보았다면 목놓아 울어 버렸을 수도 있었을 텐데 하는 생각에 뿌연 풍경조차도 다행이다.

옥천 들어가는 길이 오른쪽인 줄 알았는데, 왼쪽으로 길이 나 있었다. 잘 생각해 보니 예전에도 그랬던 것 같다. 진입로 옆의 주유소집 아들이 우리 반 학생이었는데, 18년 전에 6학년이었으니 지금은 30대 중반의 청년이 되어 있을 터이다. 그 아이들을 4학년과 6학년, 2년간 담임을 했었다. 나는 가끔 기억나는데, 한 사람도 나를 찾는 이가 없는 걸 보니 내가 잘못 가르쳤나 보다. 씁쓸하다.

상념에 잠긴 채 옥천초등학교 뒤로 새로 난 길을 지나 신복리로 접어들었다. 펠리시아는 생각보다 크고 멋진 카페였다. 2층 건물로 예쁜 테라스가 있고 정갈하게 꾸며진 정원에는 분수와 파라솔도 몇 개 있었다. 평화로웠다. 약속 시간이 좀 남은 것 같아 사진을 몇 컷 찍고 여기저기 돌아다녔다.

입구가 잘 보이는 자리에 앉아 작가님을 기다리면서 창밖으로 보이는 가을 풍경을 마음에 담았다. 다시 양평으로 돌아와서 살고 싶다는 생각을 하면서 학교와 집 문제를 잠깐 고민하고 있었는데, 작가님이 내 앞을 지나갔다. 예상했던 모습과 똑같다. 털복숭이 강아지와 함께 경쾌한 발걸음으로 두둥 등장.

2층 넓은 테이블에 자리를 잡았고 작가님께서 커피 두 잔을 들고 올라오셨다. 커피 잔 디자인과 색조가 너무 마음에 들었다. 커피 맛도 좋았다. 느낌이 좋다. 작가님과 이야기를 나누면서 작년에 내가 글쓰기에 실패한 이유를 알 것 같아서 다행이라는 생각이 들었다.

작가님과 이런저런 이야기를 나누다 보니 내가 몰랐던 나를 조금씩 발견하고 그동안 내가 부족했던 부분과 앞으로 어떤 삶을 살아야 할지에 대해서 생각하게 되었다. 눈물이 났다. 나름 열심히 살았는데 어쩌다 이렇게 되었을까 하는 생각에 흐르는 눈물을 주체할 수 없었다. 일단 글을 쓰기로 했다. 예전에 미친 듯이 읽기만

했던 시절처럼 미친 듯이 쓰기만 해 볼까 하는 마음이다.

돌아오는 길에 국수리 고개를 넘어오면서 작가님 말씀에 따라 쓰고 싶은 주제들을 떠올려 보았다. 몇 가지 생각나는 게 있었는데, 집에 오는 시간 동안 잊어버릴까 두려워졌다. 기록이 필요하다고 생각했는데, 쓸 만한 게 없었다. 그러다가 휴대폰 녹음기능이 생각났고, 운전하면서 내 머릿속에 떠오르는 주제를 하나하나 휴대폰에 녹음하였다.

서쪽 하늘에 걸쳐 있는 해가 보름달처럼 둥그렇다. 노을이 아름다웠다. 퇴근 시간이라 차가 많이 막혔고 금새 어두워졌다. 집에 도착하여 휴대폰 녹음기를 재생하여 보니 글로 쓰고 싶은 주제가 무려 26가지나 되었다. 자기 전에 양평 가는 길이라는 주제로 글을 써 볼까 한다. 오늘따라 좋은 일들이 많다.

계획을 일단 착수한 이상 언제까지나 사정이 생겨도 일정 불변하게 동요하지 않고 서서히 진행시켜야 한다.

- 워너메이커

하늘처럼 가람처럼

후배와 함께 백운호수가 바라다보이는 카페에서 커피를 마시고 있는데, 아들에게서 전화가 왔다. 나는 누군가와 함께 이야기를 하고 있을 때에는 전화를 잘 받지 않는데, 양해를 구하고 전화를 받았다. 가족끼리 통화를 많이 하는 편이 아니라서 아들이나 딸에게서 전화가 오면 긴장이 된다. 얼마 전 아파트 청약 신청을 했는데 발표날이 그저께였고, 오늘 들어가 보니 결과에 관한 내용이 아무것도 없다 하였다. 탈락을 해도 결과를 통보해 주면 참 좋았을 텐데 하는 아쉬움이 들었다.

아들은 대학교 1학년 한 학기를 다니고 휴학을 한 후 군대를 다녀왔다. 제대하고 나서 복학을 하지 않고 취업을 했는데 벌써 4년

째이다. 중소기업 온라인 사업팀에서 일을 하다가 지금은 두 개의 쇼핑몰을 운영하는 사업가가 되었고, 요즘은 새벽 5시부터 11시까지 농수산물시장에서 경매 관련 일도 돕고 있다. 올해 들어서는 투잡을 넘어 쓰리잡을 하고 있는 중이다. 9월부터는 매출이 급격하게 성장하여 직장생활 29년차인 나보다도 수입이 더 많다.

몇 년 전 아들은 아마추어 게이머였다. 카트라이더 선수였는데, 고3이 되면서 대학을 가야겠다고 결심하여 은퇴를 하였고, 대학을 가서는 공부가 마음에 들지 않았는지 군 제대 후 학교로 돌아가지 않았다. 네이버 인물백과에 프로필이 실릴 정도로 지명도가 있는 선수로 성장하기까지 많은 고충이 있었는데, 뒷바라지를 잘해 주지 못해서 후회되는 것들이 많다. 적극적으로 후원해 주기가 쉽지 않았고, 그저 바라보기만 했던 시간들이 길었다.

대학원에 다니고 있는 딸은 매우 긍정적인 성향을 지녔다. 본인이 하는 일에 대하여 만족하면서 즐겁게 살고 있다. 자기만의 세계를 가꿀 줄 알고 본인의 꿈을 찾아서 늘 노력하고 있다. 대학을 다닐 때에는 방학 때마다 특별한 계획을 세워서 실천하였는데, 평창올림픽 자원봉사와 박물관 인턴을 하였고, 미국을 홀로 여행하기도 하였다. 고고학자가 되고 싶어서 역사를 전공하였으나, 더 좋아하는 일을 찾게 되었고 복수전공을 거쳐 지금은 석사과정에 재학 중이다.

콘텐츠 기획이라는 낯선 전공으로 공부를 하고 있는데, 공부가 너무 재미있어서 대학원을 4년 다녔으면 좋겠다고 하였다. 기특하기도 하고 어이없기도 하였다. 취업도 안 하고 공부만 하겠다니 말이다. 전공을 선택하는 일이나 교수님 면담을 하는 일을 모두 스스로 계획하여 실행하였고, 합격하기까지 두려움도 있었으나 코로나19로 인한 어려운 상황 속에서도 학업을 잘 수행하고 있다.

딸은 언제나 꿈이 있었다. 자주 바뀌기는 했지만, 늘 꿈을 꾸고 꿈을 이루기 위해서 노력하였다. 지금도 뚜렷한 목표를 가지고 프로젝트에 열심히 참여 중이다. 아들은 현재 1억 원을 모으는 게 목표다. 이 돈을 모으면 하고 싶은 일이 있다고 하였다.

꿈을 이루기 위하여 열심히 일하는 아들과 꿈을 이루기 위하여 열심히 공부하는 딸의 이름은 하늘과 가람이다. 두 아이들이 씩씩하고 반듯하게 살아가기 바라는 마음을 담은 우리 집 가훈은 다음과 같다.

하늘처럼 높고 푸른 기상을
가람처럼 맑고 넓은 마음을

행복한 가정은 그 모습이 비슷비슷하지만, 불행한 가정은 그 이유가 제각각이다.

- 톨스토이

미술관 옆 동물원

    나는 재미있는 영화나 책을 만나면 보고 또 본다. 드라마도 마찬가지다. 본방송을 보고도 채널 돌리다 재방송하는 곳을 만나면 보고 또 본다. 그렇게 보고 또 보는 영화 중 하나가 '미술관 옆 동물원'이다.

    미술관 옆 동물원은 심은하와 이성재가 주연으로 나오는 오래된 영화이다. 몇 년도에 개봉한 것인지는 정확하게 기억이 나지 않고, 양평 읍내에 있는 비디오 가게에서 테이프를 빌려다가 본 것이 처음이었던 것 같다. 그 당시 내가 살고 있던 집의 모습과 영화를 보던 나의 자세는 지금도 생생하게 기억이 난다.

    이 영화는 두 주인공이 함께 미술관 여자와 동물원 남자의 사랑 이야기를 시나리오로 공동 작업하면서 일어나는 이야기이다. 사랑이 식어 버린 커플과 짝사랑, 그리고 서서히 사랑에 물들어 가는 커플에 관한 이야기인데, 잔잔하면서도 설렘을 준다. 뒤늦게 서로의 사랑을 깨달은 커플이 미술관과 동물원의 갈림길에서 만나게 되는 해피엔딩 스토리이다.

이 영화의 공간적 배경이 과천현대미술관과 서울대공원의 동물원인데, 이곳에서 가장 가까운 학교가 바로 현재 내가 근무하는 곳이다. 이 학교로 오게 된 많은 이유 중 하나가 어이없게도 이 영화 때문이었다. 하지만 지난 4년간 근무하면서 미술관과 동물원을 자주 가 보지 못해서 아쉬움이 크다. 시간보다는 마음의 여유가 부족했던 것 같아 더욱 아쉽다.

얼마 전 인공 역할을 맡았던 배우 안성기 씨가 자전거를 타고 달리던 길을 걸어서 다녀왔다. 제시간에 퇴근하면 대공원 둘레길을 걸을 수 있는데, 업무를 제시간에 마감하기가 왜 그렇게 어려웠을까? 늦게 퇴근하는 날이 많으니, 퇴근길이 환하면 어색할 정도이다. 얼마 남지 않은 날들이지만, 떠나고 나서 더 후회하지 않도록 춘희와 철수를 만날 시간을 내어봐야겠다.

오늘 할 수 있는 일을 내일로 미루지 말라.
- 벤자민 프랭클린

왕송호수

10년 전 이맘때 나는 학습연구년 중이었다. 교육부에서 시범 사업으로 전국의 교사 100명을 대상으로 학습연구년을 운영하였는데, 운 좋게 100명 안에 드는 호사를 누리게 되었다. 당시는 박사 과정을 마치지 못하였던 시기라 교원대에 일주일에 한 번 이상 내려갔고, 학습연구년 연수를 이수하기 위하여 경인교대에도 일주일에 두 번 출석하여야 했다. 남양주에서 다니려면 보통 한 시간 반 이상 걸리는 곳들이었지만 행복한 마음으로 가득했던 시간과 장소들이다.

경기도에서는 열 명의 선생님들이 함께했었는데, 경기도교육청과 경인교대를 오가면서 가끔씩 식사도 하고 산책도 하기 위하여 찾았던 곳이 바로 이곳 왕송호수였다. 그 당시 왕송호수는 주변 개발이 되지 않아 물새와 수초가 어우러진 잔잔한 호수로 일몰이 무척 예쁜 곳이었다. 수양버들 늘어진 공터 옆에 커피트럭이 한 대 있었고, 호수 위쪽으로 아파트 공사가 한창이었다. 학교도 지어지는 것을 보고 외곽에 꽤 큰 마을이 들어서나 보구나 생각했다.

현재 나는 왕송호수 옆에 지어지던 그 집에 살고 있다. 구봉산이 내려다보이는 위치에 다락방과 옥상 테라스가 있는 집이다. 재작년 가을에 이 집을 처음 구경하던 날 바로 계약하여 지금 2년째 살고 있다. 오늘도 집에 들어오면서 참 예쁘고 아담하구나 하는 생각을 하였다. 뻐꾸기 창으로 가득 들어오는 따뜻한 햇살과 아련히 들려오는 피아노 소리. 매주 토요일 오전에 초등학생 누군가가 개인 레슨을 받는 것 같다.

층고가 높은 거실 소파에 누워 있으면 어디 한적한 펜션에 온 듯하고, 혼자 있는 날에 두꺼운 커튼을 둘러치고 영화를 보면 그리 편안할 수가 없다. 옥상 테라스에는 고추와 상추, 방울토마토가 자라고 가끔 수확하여 식탁에 오르는 날에는 그야말로 웰빙이 따로 없다. 다락방에는 고흐를 흉내 내어 화실을 꾸며 놓았으나 그림은 한 번도 그리지 않았다.

집에서 천천히 20분가량 걸어가면 왕송호수 연꽃 공원이 있다. 시간을 잘 맞추면 큰 분수대에서 시원하게 뿜어져 나오는 물길을 볼 수 있고, 물이 많은 계절에는 반짝거리는 물빛 위로 오리들이 떼지어 헤엄쳐 다니는 모습을 볼 수 있다. 또 햇살 좋은 주말에는 가족 단위 또는 친구들과 함께 즐기는 레일바이크를 만날 수 있고, 레솔레 파크 나무 그늘 아래에는 망중한을 즐기는 이들이 쇠라의 그림처럼 앉아 있다.

이제 두 달 후면 이곳을 떠난다. 시 외곽의 한적한 곳이라 대중교통이 불편한 편인데, 서울로 통학하는 딸아이가 너무 힘들어하기 때문에 전철역에 좀 가까운 곳으로 옮길 예정이다. 이곳으로 이사 올 당시에는 딸아이가 춘천에서 학교를 다니고 있어서 미처 그 점을 고려하지 못했다. 한 치 앞을 내다보지 못하고 이사비용을 여러 차례 지출하게 되었으니 한심하기도 하다.

하지만 내 인생 쉰 고개를 넘던 이 년간 이 곳에서의 시간은 오랫동안 기억될 것이다. 맑은 날 옥상 테라스에서는 푸른 하늘과 신선한 공기를 바로 만날 수 있고, 저녁 시간 서쪽 하늘 아름다운 노을은 사람들에게 지친 내 몸과 마음을 부드럽게 어루만져 주었다. 길가에 가지런히 줄지어 있는 벚나무는 봄, 여름, 가을 계절에 따라 각기 다른 모습으로 출퇴근길 눈을 즐겁게 해 주었고, 아침에 눈을 뜨면 저 멀리 닭 우는 소리, 개 짖는 소리 모두가 평화로웠다.

야, 왕송호수! 너 많이 그리울 것 같아.

사람은 고통을 통하여 자기를 잊어버리는 길을 걷는다. 사색을 함으로써 자기를 던지는 길을 걷는다

- 헤르만 헤세

다시 꿈

만약에 1

1987년 3월 12일, 내가 고3때 다니던 고등학교에 불이 났다. 행정실의 집기와 서류를 조금 태우고 불길이 잡히긴 했지만, 화재의 영향으로 우리 학교 학생들은 한동안 야간학습을 하지 못하였다. 나는 가뜩이나 공부를 게을리하던 중이었고, 학교 말고 특별히 공부할 장소가 있었던 곳도 아니다 보니 저녁 시간을 책 읽기와 뜨개질을 하면서 보냈다.

우리 학교는 문과반 3개 학급, 상과반 1개 학급으로 소규모 종합고등학교였지만, 그냥 여고로 불리었다. 나는 이과로 진학하고 싶었지만, 이과 희망 학생이 한 학급을 채우지 못하여 하는 수 없이 문과를 다니게 되었다. 이과반을 개설해 주겠다는 교장 선생님께서 약속을 지키지 못한 대가로 이과에서 배우는 수학 Ⅱ-2와 물리, 화학 Ⅱ를 방과후에 특별수업을 해 주겠다 하셨는데 거절하였다. 지금 생각해 보면 문과를 가게 된 것이 잘된 것도 같다.

고3임에도 불구하고 야간자습도 못 하고 빈둥거리다 보니 전국모의고사 성적은 뚝뚝 떨어졌다. 비단 나뿐만 아니라 대부분의 친구들이 그러하였다. 학교 측은 하는 수 없이 야간자습 희망자를 모집하였고 한 학급 정도의 학생을 대상으로 운영하게 되었다. 그러나 나는 허리가 아프다는 핑계로 수업이 끝나면 바로 하교하고, 대신 새벽 4시 30분에 일어나 학교에 가서 혼자 공부를 하였다.

동이 트지 않은 캄캄한 시간에 혼자 걸어가다 보면 골목길에서 누군가 나올지도 모른다는 무서운 생각이 들었다. 그래서 도로 가운데로 걸어가기도 했고, 자전거를 타고 가기도 하였다. 5시경에 학교에 도착하여 8시까지 공부를 하고, 8시가 되면 동생이 가져다주는 아침 도시락을 가지고 빈 교실로 가서 먹었다. 그리고 8시 50분경이 되면 우리 교실로 가서 수업에 참여하였다. 그러고 보니 아침자습도 야간자습도 하지 않고 오로지 정규 수업 시간에만 교실에 있었던 것 같다.

여름방학이 지나고 가을이 되자 대입 상담이 시작되었다. 우리 부모님께서는 담임 선생님께 모든 것을 일임하겠다고 부탁하고 가셨다. 나의 희망도 적성도 고려되지 않고, 등록금이 싸고 취업이 잘되는 학교로 가야 했다. 담임 선생님께서는 K학교를 추천하셨고, 그 학교에 진학하기 위하여 경상북도교육청에 학교장 추천서를 제출하게 되었다.

아침 일찍 일어나 선생님께서 챙겨 주신 추천서를 들고 시외버스를 탔다. 울진에서 대구까지는 3시간 30분이 걸렸다. 울진에서 대구 가는 버스를 타면 1시간 30분쯤 후에 화진휴게소에 도착한다. 화장실에 들렀다가 언젠가 먹어 본 핫도그가 생각나서 하나 사 들고 버스에 올랐다. 영덕 읍내를 지나는데 마침 등교 시간이라 거리에는 학교로 가는 학생들의 모습이 종종 보였다.

내가 지망하는 학교는 교육감 추천서를 받아야 원서를 제출할 수 있고 또 대학에 가서 시험도 봐야 했었다. 교육감 추천서를 받지 못하면 원서를 제출할 자격이 없었다. 특별전형이었기 때문에 전기대학보다 일찍 원서 접수를 하였고, 추천서를 받지 못하면 다른 전기대학에 원서를 낼 수 있었기 때문에 다른 학생들보다 기회가 한 번 더 생기는 것이었다. 나는 희망하는 대학과 학과가 아니었기 때문에 내심 떨어지길 바랐다. 교육감 추천을 못 받으면 내가 가고 싶은 학교로 원서를 낼 수 있다고 믿었기 때문이다. 그런데 며칠 후 내가 바라지 않았던 소식이 들려왔다. 많은 사람들이 축하해 주었지만, 나는 혼자 울었다.

학교장 추천서를 들고 대구에 갔던 날, 도 교육청으로 가지 않았다면, 추천서를 폐기하고 거짓말을 했더라면 난 지금 어떠했을까? 그날 대구 동부정류장에서 택시를 타고 도 교육청으로 가면서 엄청나게 고민을 하였지만, 결정을 짓지 못한 채 도 교육청으로 들어가 서류를 제출하고 말았다. 내가 그날 다른 선택을 하였다면 난 지금 어디서 어떤 모습으로 살아가고 있을까? 지금보다 더 나으리라는 보장은 없지만, 조금 더 생동감 있게 살고 있지 않을까 하는 생각을 가끔 해 본다.

현명한 사람은 자기 자신에게 주어지는 것보다 많은 기회를 만든다.

- 프랜시스 베이컨

만약에 2

대학 3학년 봄, 친구 A에게 학교를 그만두어야겠다고 말했다. 미술 심화과정을 함께 하던 그 친구는, "니가 없으면 무슨 재미로 학교를 다니냐?"면서 만류하였다. 나는 학교에서 공부하는 내용이 재미가 없고 몰입하기가 무척 힘들었지만, 3학년이 되면 심화과정에 들어가면서 그림을 그리는 재미에 빠질 요량으로 버텨 왔다. 그런데 막상 기대하고 있던 미술 심화과정은 너무 고되었고, 내가 그림에 재능이 없음을 발견하는 슬픈 시간이 되었다. 그래서 나는 더이상 학교를 다닐 이유가 없었다.

친구와 헤어지고 나서 기숙사로 들어갔는데, 저녁에 과사무실에서 전화가 왔다. 조금 친하게 지내던 조교님께서 다음 날 과사무실에 꼭 들르라고 하셨다. 당시 나는 3학년 대표였기 때문에 학과 일로 부르시나 보다 했다. 그런데, 뜻밖에도 조교님께서는 학과장님께 가 보라고 하셨다. 학과장실에 갔더니 신청하지도 않은 과외를 하라고, 그것도 총장 부속실장님께서 부탁하신 자리라고 얼른 가 보라고 하셨다.

조금 더 고민해 보려고 하였던 자퇴 건을 하는 수 없이 말씀드렸다. 학교를 그만둘 예정이라서 과외는 하기가 어렵다고 하였다. 이후 나는 아주 오랫동안 학과장실에서 나올 수가 없었다. 결국 학과장님께 설득당하여 심화과정을 미술에서 국어로 바꾸기로 하면서 학교를 계속 다니기로 하였다. 그리고 그림을 그리지 않아 남는 시간과 나의 자괴감을 극복하고자 과외도 수락하였다. 딱히 신청하지도 않았던 과외 자리를 선뜻 나에게 주선해 주신 것은 나름 이유가 있었던 것이다. 과사무실로 갔더니 이 모든 일을 조교님은 이미 알고 계셨다.

그 시점은 학기가 시작된 지 한 달이 지난 후라서 심화과정이나 수강 과목을 변경할 수 없는 기간이었다. 하지만 학과장님께서 대학본부에 연락을 해 주셔서 일은 쉽게 마무리되었다. 식사하는 시간과 잠자는 시간 외에 늘 그림만 그리다가 갑자기 한가해졌다.

그런데 국어 심화과정 친구들은 나를 반기는 기색이 아니었다. 우연히 그 친구들의 대화를 듣게 되었는데 나를 굴러온 돌 취급하면서 그들 사이에 끼워 주기 싫어하는 것 같았다. 심화과정 대표가 난감해하였는데, 나는 모른 척, 못 알아들은 척하고 넘어갔다.

1학기 종강을 하고 나는 최악의 성적표를 받아 들었다. 다행히 학사경고는 면하였지만, 다음 학기 수강 신청에 제한이 있어서 20학점 이상은 수강하기가 어려웠다. 2학기에는 다른 친구들보다 2학점 적게 신청하게 되었고, 교양수업으로는 우리 과 친구들이 거의 없는 인문지리학을 선택하는 바람에 혼자 있는 시간이 많아졌다. 그렇게 혼자 심화방에서 빈둥거리다가 교수님 책을 빌려다 드리는 심부름을 하게 되었고 대학원에 다니는 선생님들의 원고를 타이핑해 주는 일도 하게 되었다.

90년대 초반은 교과교육학이 막 태동하던 시기로 외국 서적 번역이 활발했었는데, 대학원생들이 번역하여 400자 원고지에 적어 놓은 것을 내가 한글 프로그램을 활용하여 전산화하는 작업을 하였다. 타이핑하면서 윤문도 함께 하였다. 고등학교 때부터 틈틈이 익혀 둔 타자 실력이 도움이 되었다. 이 일을 하면서 국어교육과 선생님들과 친해졌고, 나도 대학원에 가 볼까 하는 생각을 하면서 공부에 재미를 붙이는 계기가 되었다. 그 후 나는 아주 오랫동안 공부를 하였고 박사과정까지 마쳤다.

내가 만약 그때 학교를 그만두었더라면 아마도 세계를 누비고 다녔을지도 모른다. 당시 나는 해외를 여행하는 우리나라 사람들을 위하여 여러 나라의 문화를 한국어로 해설하는 직업을 준비하려고 했었기 때문이다. 어떤 나라의 역사를 알고 직접 답사하며 숨은 이야기들을 알아가는 재미가 쏠쏠할 것 같았고, 그러한 내용들을 여행객들에게 설명해 주는 일에서 보람을 찾고 싶었다. 하지만 난 그만둘 용기조차 부족하여 새로운 시작을 하지 못하고, 그 자리에서 대학 과정을 마치고 교사가 되었다. 늘 꿈만 꾼다.

현명한 사람은 자기 자신에게 주어지는 것보다 많은 기회를 만든다.
- 프랜시스 베이컨

만약에 3

며칠 전 울진 왕피천으로 되돌아온 연어가 최근 20년 사이에 가장 많았다는 기사를 보았다. 동해안에는 북태평양으로 나갔던 연어가 돌아오기로 유명한 하천이 몇 군데 있는데 왕피천도 그중한 곳이다. 왕피천은 고대국가 시절 어느 왕이 피난해 숨어 살았던 곳이라고 전해져 오는 곳으로, 하늘 아래 첫 동네 영양군 수비면에서 발원하여 동해안 울진까지 흘러온다. 왕피천은 천혜의 자연환경을 가진 곳으로 불영계곡을 굽이굽이 돌아 망양해수욕장옆에서 동해를 만난다.

여기서 7번 국도를 따라 한 시간 반 정도 남쪽으로 내려가면 강구항이 있다. 강구항은 오십천과 동해가 만나는 곳인데, 오십천 또

한 연어가 회귀하는 하천으로 알려져 있다. 강구항은 영덕 대게로 유명하여 대게 축제가 열리는 곳이기도 하다. 오십천 하류 강구항 입구에는 유난히 갈매기가 많았다. 대학 시절 버스를 타고 이곳을 지날 때면 이곳에서 교직 생활을 해야겠다고 생각하였다. 본가에서 그리 멀지 않았고 강과 바다, 갈매기가 이루는 정겨운 풍경이 마음에 쏙 들었다.

나는 본래 경상북도교육청의 추천으로 대학을 갔기 때문에 무시험으로 경북도내 학교로 발령 나는 것이 원칙이었다. 그런데 3학년 가을에 갑자기 규정이 바뀌었다. 교사임용시험이라는 것이 생겨났고, 시험을 보는 대신에 전국 어느 시도든지 자유롭게 지원이 가능하게 되었다. 단 출신 시도로 가면 가산점을 받을 수 있어 합격에 유리하였다. 갑작스런 개정에 많은 학생들이 반발했지만, 국립대 출신 무시험 발령은 위헌 판결이 났기에 어쩔 수 없이 따를 수밖에 없었다. 시험 준비를 해야만 하였다.

4학년 초까지는 졸업하면서 시험을 보게 되어 부담스럽다는 생각만 하였다. 그러다 여름방학이 시작되자 생각이 많아지기 시작하여 다른 시도로 지망을 해 볼까 하는 생각들이 꿈틀꿈틀 생겨났다. 지방 출신들 중에 수도권 지역으로 시험을 보겠다는 친구들이 하나둘 늘어났다. 대학원 진학을 생각하고 있었던 나는 경북으로 가는 것보다 충북에 그냥 남는 것이 좋겠다는 생각을 하기도 하였다.

고민을 하다 2학기 개강을 앞둔 어느 날, 친구들과 함께 청주 외곽에 있는 상당산성으로 놀러 갔다. 우연히 교직에 있는 연세 많은 남자분과 만나 이야기를 나누게 되었는데, 졸업을 한 후 여기보다는 서울이나 경기도로 가는 것이 좋지 않겠는가 말씀하시며 잘 생각해 보라고 조언을 해 주셨다. 하지만 나는 연고도 없는 도시로 가는 것이 별로 내키지 않아 그냥 흘려듣고 말았다. 그렇게 시간이 흐르고 가을이 깊어지면서 생각이 다시 많아졌다.

일 년 선배들이 처음 시행된 임용고시를 보았고, 우리는 2회 임용고시에 응시해야 하였다. 원서 접수 기간이 다가오면서 주변 친구들의 진로 향방에 나도 더불어 이리저리 흔들렸다. 원서 두 개를 모두 써 놓고 나서 생각을 더 해 보기로 하였다. 경기도와 경북으로 원서를 썼는데, 경기도는 지도교수 추천이 필요하였다. 경북 출신이 경기도 추천서를 받으러 가는 것이 민망하기도 하였지만 그래도 용기를 내어 교수님 연구실을 찾아갔다. 그런데 내가 부모님 허락 없이 경기도로 원서를 쓴다고 친구가 교수님께 고자질하는 바람에 추천서를 받지 못하였다.

　기숙사로 돌아와서 곰곰이 생각해 보았다. 그냥 경북으로 갈까 하는 생각을 하다가도 경기도로 가고 싶다는 생각이 들기도 하고 이리저리 왔다 갔다 고민을 하다가 다시 교수님께 갔다. 부모님께 말씀드렸다고 거짓말을 하고 결국 추천서를 받았다. 일단 추천서를 받아두고 접수 기한이 남아 있으니 조금 더 고민해 보리라 생각하였다. 그날 밤 오래도록 고민을 하다가 다음 날 새벽 나는 수원으로 가는 기차를 타고 말았다. 경기도 원서를 접수하러 수원에 갔는데 원서 접수 첫날이라 사람이 많지 않았다. 접수번호 4번이었다.

　그해 겨울 필기시험과 면접시험을 모두 치르고 최종합격 통지서를 받았다. 경쟁률이 그리 높지 않던 시절이라 어렵지 않게 합격을 하였지만, 걱정이 많았다. 경기도로 시험을 보러 가는 길은 친구들과 함께였지만, 발령은 어디로 날지 모르니 홀로서기를 제대로 해야 할 상황이었다. 졸업을 하고 난 후 바로 발령이 나지 않아 불안하기도 하고 설레기도 하는 마음을 차분히 가라앉히기 위하여 화실에 가서 그림을 그리며 시간을 보냈다.

　지평선이 보이는 곳으로 스케치 여행을 떠나려고 계획하였던 봄비 내리던 어느 날, 경기도 양평초등학교로 신규 발령이 났다. 수원에서 발령장을 받아 들고 양평으로 가는 길은 멀고도 힘들었다. 전철을 타고 청량리역으로 가서 기차로 양평역까지 가는 데 3시간이 넘게 걸렸다. 오랫동안 꿈꾸었던 갈매기 나는 동해바다 강구항, 바닷가 학교를 버리고 남한강변 낯선 곳에서 시작된 학교생활은 고달팠다. 그 후 한동안 연말 내신 시즌이 될 때마다 내가 꿈꾸던 곳으로 돌아가고픈 생각에 열병을 앓았다. 또 한동안 잠잠했다가 요즘 다시 시름시름 앓기 시작하였다.

이제 새학기가 되면 30년 차 교사가 된다. 양평에서 남양주로, 남양주에서 과천으로 학교를 옮겨 다니면서 어느 한 곳에 안착하지 못하였다. 넓게 보면 같은 경기도이고 같은 대한민국이지만, 지역마다 특색이 있고 그곳에 사는 사람들의 정서도 많이 다르다. 여러 지역에서 많은 사람들과 어울리면서 다양한 경험을 할 수 있는 소중한 시간이었지만, 나이가 들면서 두고 온 고향 생각이 많이 난다. 아름다운 7번 국도, 눈부시게 푸른 하늘과 수평선이 보이는 푸른 바다가 눈에 아른거리는 날이 많다.

결정을 서두르지 말라. 하룻밤을 자고 나면 좋은 지혜가 생긴다.

- 푸시킨

만약에 4

    지금은 그릇장 아주 깊숙이 넣어 둔 세상에 하나밖에 없는 찻잔이 있다. 7년 전 전주한옥마을에 있는 도자기 공방에서 사 온 것이다. '푸른 돌'이라는 이름을 가진 조그만 공방이었는데, 이사하는 친구를 위해 선물을 사려고 우연히 들어갔다가 내가 사용할 잔도 하나 더 구입했던 것이다.

    입춘은 지났지만 아직 추위가 가시지 않은 2월 말 어느 날, 나는 전주로 면접을 보러 갔다. 당시 교육학 전공자를 초빙하는 대학 몇 군데에 서류를 냈었는데, 운 좋게 서류 전형에 합격하여 수업 실연 및 면접에 참여하라는 연락을 받았었다. 남편이 목디스크 수술로 병원에 입원해 있었던 터라 길동무도 없이 혼자 전주에 갔다.

면접 시간이 9시였기 때문에 4시 30분경에 출발하였다. 사방이 캄캄하였는데, 동네 입구에 있는 빵가게에 불이 켜져 있었다. 밤늦게까지 영업하는 줄은 알았지만 이렇게 이른 시간에 오픈하는 줄은 몰랐다. 커피 한 잔과 에그타르트를 사 들고 차에 올랐다. 운전하면서 에그타르트를 조금씩 베어 먹다가 옷에 부스러기를 여기저기 흘렸다. 면접 보러 간다고 차려입고 나섰는데, 참 난감했다.

중부고속도로를 타고 네 시간이 조금 안 되어 학교에 도착했다. 대기실에서 기다리고 있는데, 다른 면접자들도 속속 들어왔다. 내가 1번이었다. 떨리는 마음으로 면접장에 들어갔더니 총장님을 비롯하여 네 분의 심사위원들이 앉아 계셨다. 준비해 간 자기소개를 하고 질문에 대답을 한 뒤, 드디어 강의 실연을 할 차례였다. 늘 강의 평가를 잘 받았기에 하던 대로 강의를 하였는데, 심사위원 한 분이 내 티칭 스타일을 크게 비판하였다. 그분 말씀에도 일리는 있었지만, 어투 때문일까? 어쩐지 나를 궁지로 몰기 위해 공격하는 듯한 느낌을 받았다.

아니나 다를까. 총장님께서 웃으면서 그만하시라 그분을 만류하셨다. 그랬더니 그분은 총장님께서 나를 너무 뽑고 싶어 하는 거 같다면서 핀잔을 주셨다. 사실 절박함이 크게 없는 자리여서 그냥 편안하게 웃으면서 대답하고 나왔는데, 1시간 20분이나 지났다. 본래 1인당 면접 시간이 40분이었으니 두 배나 걸린 셈이다. 내가 나오니까 대기자들이 놀랍고 안타까운 표정으로 쳐다보았다. 그분들끼리는 안면이 있는 듯하였으나, 나는 전혀 모르는 사이라 인사만 하고 자리를 떴다.

늦잠 잘까 봐 밤새 잠을 설치고 새벽부터 장거리 운전을 하여 볼일을 마쳤는데, 시계를 보니 겨우 10시 30분이었다. 이 먼 길을 와서 바로 돌아가기는 아까웠다. 그래서 혼자 한국관에 가서 육회 비빔밥을 시켜 먹고 한옥마을 나들이를 하였다. 최명희 문학관에 가서 '1년 후 나에게' 편지를 썼다. 편지지 두 장을 채우는 동안 어찌나 눈물이 나던지 콧물까지 줄줄 흘리면서 미래의 나를 위로하고 격려하는 글을 썼다.

골목길을 여기저기 걷다 보니 다리도 아프고 목이 마르기도 하여 조그만 카페에 들어갔다. 커피를 주문하여 마시는데, 카페 옆 건물 쇼윈도에 모양이 특이한 도자기 공예품이 보였다. 친구네 집들이 선물을 하나 살까 하는 가벼운 마음으로 가게에 들어갔다. 주인이 썩 친절하지 않았지만, 크게 신경 쓰지 않고 궁금한 것을 하나하나 물어보면서 물건을 골랐다.

어쩌다 이런저런 대화를 길게 하게 되었는데, 갑자기 그녀가 의자를 내주며 앉으라고 했다. 등받이가 없는 동그란 의자에 엉거주춤 앉았더니, 카푸치노를 만들어 주겠다고 하였다. 우유에 거품기를 넣고 손으로 막 저어서 커피 한잔을 내왔는데, 나는 그 과정을 지켜보며 그녀의 이야기를 듣고 있었다. 한옥마을과 공방 이야기, 그리고 그녀는 제 이야기가 끝나자 내가 왜 이 시간에 이곳에 혼자 왔는지를 물었다.

나의 이야기를 들은 그녀는 영화를 보자고 하였다. 근처에 전주국제영화제 상영관이 있는데, 마침 보고 싶은 영화가 있으니 같이 가자는 것이었다. 그녀는 가게 문을 닫았고 우리는 함께 영화를 보러 갔다. 영화 제목은 잘 기억나지 않는데, 내용이 스카우트에 관한 것이었고 별로 재미가 없고 지루하였다. 영화관을 나오니 이미 해가 져서 어둠이 내려앉기 시작하였다. 그녀가 저녁을 먹고 가고 하였지만, 남편이 입원해 있는 병원으로 가보아야 했기 때문에 식사 제안은 다음으로 미루었다.

한옥마을을 막 벗어날 무렵 부총장님에게서 전화가 왔다. 전임 말고 초빙으로 올 수 있냐고, 몇 년 지나면 전임시켜 준다면서. 본인도 초빙부터 시작했다고 말씀하셨다. 일단은 가족들과 상의

해 보겠다 하고 답을 미루었다. 집으로 돌아오는 긴 시간 동안 두 가지 마음이 교차하였다. 최종합격을 했으니 기분이 좋기도 하였고, 공고와 다른 내용으로 채용을 권장하니 기분이 좋지 않기도 하였다. 집에 도착하여 학교 측 제안을 정중하게 거절하는 문자를 보냈다.

최근 들어 그 제안을 왜 그런 식으로 거절했을까 하는 생각을 해 보았다. 채용 조건이 마음에 안 들면 협상을 했었어야 하는데 말이다. 연봉을 더 올려 달라고 하거나 왜 공고 내용과 다르게 채용하려 하느냐 등 마음속에 있던 말을 했으면 좋았을 텐데 하는 아쉬움이 있다. 아마도 더 좋은 조건을 만날 수 있을 거라고 자만해서 그랬나 보다.

그때와 다른 목표를 세우고 7년을 달려온 지금, 아직도 목표 달성이 요원하다. 좀 더 큰 그림을 그리고 싶은데, 내게 주어진 도화지 크기가 너무 작다. 스스로 가두어 버린 내 영혼에게 미안하고 자유로운 영혼을 가진 푸른 돌 공방의 그녀 안부가 궁금하다.

가장 높은 수준의 서비스는 자신이 전혀 예상하지 않았던 배려를 받거나 생각지도 못한 부분에 신경을 써 주었을 때 받는 감동이다.

- 가미사와 노브루

학습연구년

내 인생에 숙원 사업이 있었다. 2000년 여름, 대학원 석사과정을 마치고 떠났던 고구려 유적 답사는 비록 열흘 남짓한 기간이었지만 많은 생각과 결심으로 내 인생의 설계도를 좀 더 구체적으로 그려본 소중한 시간이었다.

어설픈 민족주의자로 우리 것에 대한 애착이 강하였고 국어와 국사 공부만 열심히 하던 나는, 북경에서 만났던 레스토랑 종업원과 영어로 대화하면서 영어의 위력과 필요성을 느꼈고, 함께 떠났던 낯선 선배 교사의 DSLR 카메라를 동경하게 되었으며, 대륙 역사와 문물의 흐름을 그대로 이어 한반도 선조들의 발자취를 일본에서 더듬어보고 싶었다.

2000년부터 2010년은 참으로 긴 시간이었다. 내가 낳은 아들과 딸이 고등학교와 중학교에 진학했고, 나는 40대 중견 교사가 되었으며, 여권은 갱신하지 않아 유효기간이 지나 있었다. 또, 나의 생활근거지가 양평에서 남양주로 바뀌었다.

2010년이 시작되고 만 40세가 되어 생애전환 신체검사를 받으러 갔던 4월 둘째 주 토요일, 나는 유방암 50% 확진을 받고, 아산병원으로 정밀 진단을 받으러 가라는 의사의 소견서를 받았다. 아산병원 예약일까지 2주간 나는 암환자였다. 얼마나 더 살 수 있을까? 벌여 놓은 일들 마무리는 어떻게? 앞으로 어떻게 살아야 할까? 다행히 종양으로 의심되었던 덩어리는 물혹으로 판명이 나고 나는 새로운 삶을 살게 되었다. 내 주변을 중요한 것 순서대로 재배치하고 중요하지 않은 것들은 과감히 잘라 버리려 애썼다. 일단 학교를 쉬어야겠다. 마침 주간 대학원에서 공부하고 있는 중이니 연수휴직을 할 수 있겠군. 2학기부터 쉬어보자.

그러다가 발견한 공문이 학습연구년 특별연수였다. 이 연수는 나를 위해 하나님께서 특별히 준비하신 선물이었다. 휴직하지 않고 대학원 박사과정에 다니고 있던 나는 학교에서는 공부를 해야 되는 사람이라서 소외되고, 대학원에서는 학교 업무 때문에 소외되고, 집에서는 학교 근무와 대학원 공부로 살림을 제대로 보살피지 못하고 말 그대로 여기저기서 겉도는 왕따였다. 몸도 마음도 지

칠 대로 지쳐 학교를 나가지 않을 궁리를 하고 있던 때, 학습연구
년은 나를 위한 맞춤형 연수가 아닌가 싶었다.

8월에 학습연구년 연수대상자로 선정되고, 9월부터는 출근하
지 않고 학교 눈치를 보지 않으며 대학원에 다닐 수 있게 되었고,
관심이 있었던 한국어교육을 경인교대에서 청강할 수 있게 되었
으며, 늘 마음속에 품어왔던 DSLR 카메라를 구입하여 평생교육
원에서 연수를 받게 되었다. 그리고 9월 중순 모 신문사에서 주관
하는 '일본 속의 한민족사 답사' 대상자로 선정되어 크루즈선을 타
고 일본 여행을 하게 되었고, 11월에는 살아생전 가볼 수 있을까나
언감생심 꿈도 꾸지 않았던 미국 연수를 가게 되었다. 이 모든 것
이 정말 꿈은 아니겠지? 내가 그동안 착하게 살아서 한꺼번에 복
을 받나보다고 생각하였다.

2010년은 암이라고 오진해 준 의사 선생님 덕분에 나의 건강
에 관하여 관심을 가지게 되었고, 더불어 나의 생활, 더 나아가 인
생에 관하여 새로운 생각을 가지게 해 주었으며, 10년 이상 마음
속으로만 바라던 여러 가지 일들이 한꺼번에 막 실현이 되고 있었
다. 그 당시 5개월은 행복으로 가득한 시간이었다. 물론 생활 속에
서 소소한 갈등과 불운들이 있었지만, 기쁨과 감사로 충만한 내 마

음속에서 모두 녹아내렸다.

　나에게 주어진 이 소중한 시간들을 유익한 일들로 채워야 할 텐데 하는 부담을 안고 생활계획을 수립하고 하나하나 실천해 나갔다. 8월 말에 계단에서 미끄러지면서 다친 꼬리뼈가 아파서 책상 앞에 오래 앉아 있기 힘들었는데, 한의원에서 한 달 정도 침을 맞고 나니 몸이 한결 가벼워졌다. 일주일에 한 번 정도는 집 뒤에 있는 천마산 약수터에 가고, 경인교대 학습연구년 강의와 대학원 박사과정 강의를 들으러 갈 때면 하루 120km~240km 거리를 운전하면서도 크게 힘든 줄 몰랐다.

　12월 초가 되어 종강이 다가오자 학교에 가고 싶다는 생각과 함께 내가 가르쳤던 아이들이 보고 싶어졌다. 그렇게 가기 싫었던 학교가 다시 가고 싶어졌다. 언젠가 학습연구년 중간 보고회때, 명예퇴직을 신청했다 탈락했던 선생님이 학습연구년 덕분에 다시 학교에, 그것도 혁신학교에 근무하고 싶어졌다는 발표를 하셨는데, 나도 그랬다. 학교로 돌아가서 강의 시간에 배운 교육 행정, 학급 경영, 한국어교육 등을 적용하고 싶어졌다. 학교로 복귀하게 되면 우리 아이들과 함께 할 시간이 많이 줄어들 것 같아 딸아이와 함께 일본 여행을 한번 더 다녀왔다.

한꺼번에 여러 가지 일을 하고 살아 제대로 하는 것이 하나도 없다는 자격지심을 가지고 있었는데, 이제는 업무 다이어트를 실시해 중요한 일 위주로 과업 정리를 하고 자신감 있게 살아보고자 하였다. 2010년 학습연구년이라는 선물 덕분에 2011년을 똑부러지게 시작할 수 있을 것 같았다. 내 나이 만 40세에 맞이한 여러 가지 일들이 앞으로 내가 살아야 할 40년을 시작하는 밑거름이 되어 줄 것이라고 믿었다. 몸과 마음의 건강을 회복하고, 가족들과 함께 하는 시간이 늘어나면서 자녀들과 친밀도가 높아졌으며, 매사에 여유가 생겼다.

학습연구년을 함께한 선생님들과 앞으로 참여할 선생님들에게도 연구년 시간들이 소중하고 유익하게 사용되어 모두가 기쁨과 감사로 가득 찬 행복한 삶을 꾸려 나갈 수 있길 바란다. 학습연구년 제도가 우리 교사들은 물론 학생들의 행복을 담보하는 좋은 제도로 거듭나리라 굳게 믿는다. 교육부와 경기도교육청, 경인교대 관계자 모든 분들께 감사드린다.

생각하는 것이 인생이 소금이라면, 희망과 꿈은 인생의 사탕이다. 꿈이 없다면 인생은 쓰다.

- 바론 리튼

바닷가 우체국

안도현 시인의 글을 열심히 읽던 시절이 있었다. 나는 그의 글 중에 '바닷가 우체국'이라는 시집에 실린 동명의 긴 시를 가장 좋아한다. 인터넷이 지금처럼 발달하지 않았던 시절 지도책을 열심히 뒤져서 바닷가 우체국 두 곳을 찾아내었다. 하나는 포항에 있는 구룡포우체국이고, 또 하나는 거제에 있는 구조라우체국이었다. 새로운 세기가 시작되어 떠들썩하던 2000년 1월, 나는 두 아이를 울진에 있는 친정에 맡겨 놓고, 7번 국도 해안길을 따라 바닷가 우체국을 찾아나섰다.

포항에서 경주로 들어가는 7번 국도와 헤어져 영일만을 따라 호미곶으로 갔다가 다시 해안도로를 타고 감포항쪽으로 내려가는 길에 구룡포항이 있다. 구룡포는 과메기로 유명한 곳인데, 한겨울에 방파제 옆 포장마차에서 비릿한 생미역과 함께 먹은 과메기 맛은 일품이었다. 얼마 전 인기가 있었던 드라마 '동백꽃 필 무렵'의 촬영지이기도 하다. 구룡포항을 감싸고 있는 두 방파제 가운데 위쪽 방파제 근처에 우체국이 있었다.

구룡포우체국은 평평한 해안도로에 있었기 때문에 바다를 위에서 내려다볼 수는 없었지만, 문을 열면 바로 바다가 보이는 곳이었다. 사람들의 왕래가 많은 방파제 근처라서 조용한 곳은 아니었고 시에서처럼 유치원 아이들이 줄지어 소풍가는 모습은 볼 수 있을 것 같았다. 관제엽서를 한 장 사서 항구의 모습을 스케치하고 색연필로 색칠을 하였다. 그렇지만 내가 시를 읽으면서 상상한 모습은 아니었다.

바다가 보이는 길을 따라 남쪽으로 죽 내려가 감포 앞바다에 있는 문무대왕릉과 감은사지 삼층석탑을 둘러보았다. 대왕암 위를 넘실대는 파도 소리는 삼국통일의 대업을 도와주는 피리 소리가 되고, 이천 년이 지난 오늘날까지 호국정신의 상징이 되었다. 덩그러니 남아 있는 감은사지의 두 탑은 생각보다 규모가 크고 웅장했다. 두 탑을 둥글게 돌며 소원을 빌었다. 마침 석사과정을 마치는 시점이라 가족과 집안일에 좀더 신경을 쓰며 건강관리도 열심히 하리라 마음먹었다.

감포에서 양산 통도사 방향으로 들어가 부곡하와이에 숙소를 잡고 하룻밤을 묵었다. 부곡하와이는 한때 신혼여행지로 유명할 정도로 핫플레이스였는데, 세월이 흘러 시설도 낡고 사람도 별로 없어서 조용하게 시간을 보낼 수 있었다. 다음 날 아침 온천욕을 길게 하고, 길을 나섰다. 지금처럼 거가대교가 없던 시절이라 김해와 마산을 지나 거제대교를 건너 거제도로 들어갔다. 구조라는 거제 시내를 지나 거제도의 입구와는 반대쪽 바다에 있었다.

구조라우체국은 구조라 방파제가 있는 시내쪽이 아니라 해수욕장쪽 바다에 있어서 인공구조물이 보이지 않고 바다가 바로 보이는 곳에 있었다. 약간 경사가 있는 언덕길에 있어서 운치도 있었고 앞서 다녀왔던 구룡포우체국보다 시적 상상과 좀 더 닿아 있었다. 그런데 안타깝게도 공휴일이어서 우체국에 들어가 볼 수 없었다. 근처를 배회하다가 바닷가로 내려가 해수욕장 고운 모래 위에 잠시 앉았다. '소금 같은 별이 쏟아지는 시간에 따뜻한 국물 같은 시'와 함께 하고 싶었지만, 춥기도 하고 시간이 여의치 않아 발길을 돌렸다.

최근 들어 구룡포 시내는 드라마 촬영과 더불어 시내가 예쁘게 리모델링되었나 보다. 구조라우체국은 우체국 기능을 더이상 하지 못하고 관광지로 개발되었다 한다. 구조라우체국이 더 예쁘고 감성을 자극하는 곳이었지만, 내 마음 속에는 구룡포우체국이 더 따뜻하게 기억되고 있다. 그곳에서 나는 소년처럼 나에게 보내는 엽서에 글을 쓰고 그림을 그렸기 때문이리라. 올겨울 다시 바다가 보이는 언덕 위에 있는 우체국에서 20년 전 나에게 보내는 엽서를 쓰고 싶다.

지나간 것은 지나간 대로 그런 의미가 있죠

- 전인권, '걱정말아요 그대' 노랫말

비움

아침 일찍 일어나
어젯밤에 못다 치운 것들을
부지런히 비워 냈다.

별 쓸모는 없지만
버리기 아까워 그냥 둔 것들을
하나하나 꺼내는 중이다.

냉장고 파먹기도 시작한다.
오늘 아침은 이것저것 볶아서
김밥을 만들었다.

건강식품들도 한 상자에 모아

눈에 잘 띄는 곳에 올려놓았다.

몸도 마음도 집도 교실도

필요 없는 것들을 모두 버리고

새로운 것들을 받아들일 준비를 한다.

오월의 아침

복잡한 도심을 떠나

한적한 곳으로 옮겨 와서

처음 맞이하는 계절

닭 울음 소리에 잠이 깨고

창을 열면 이름 모를 새소리

고흐를 흉내 내며

다락방에 꾸며 놓은 화실에서

아직 그림 한 점 못 그렸지만,

상추, 고추, 방울토마토 넝쿨이 노래하고

빨랫줄의 하얀 수건들이 사풀사풀 춤을 춘다.

아를의 정원을 비추던 그 햇살

짙은 커피 향과 함께 행복이 마중 나온

오월의 휴일 아침

관심

지난 사흘간 틈틈이
집 안 구석구석을 쓸고 닦았다.
씽크대와 가스렌지 주변,
화장실 타일과 천장 등
평소에 대충 쓱 문지르고 말았던 곳을
전용 세제를 사용하여 박박 문질렀다.
주방 바닥과 거실 바닥도
쪼그리고 앉아서 손걸레질을 했다.
먼지와 찌든 때를 날려 버리니
집이 넓어 보인다.

오늘 아침

또 구석구석을 살펴보았다.

놓친 곳 없나, 더 닦을 곳 없나?

노안이 심해서 책은 잘 못 보는데,

집 안의 먼지는 눈에 너무 잘 들어와서

신기하다.

깨끗해진 집 안도 잘 살피지 않으면

금방 먼지가 쌓이는 것처럼

우리 마음도 관심을 가지고

잘 돌보아 주어야 한다.

국화 향이 살짝 느껴지는 깔끔한 주방에서

신선한 식재료로 아침 준비를 해야겠다.

워낙 가난한 냉장고였던 터라

일주일만에 묵은 음식들 다 처리하고

어제 장을 봐 왔다.

신난다.

이상동몽(異夢同床)

　재작년 개교기념일에 연가를 냈다. 보통 학교는 3월 1일이나 9월 1일을 개교기념일로 삼는 곳이 많은데, 이 학교는 특이하게도 3월 23일이었다. 마침 그해에는 금요일이어서 삼일간 연휴가 되었다. 교내에서 친하게 지내던 동료와 함께 제주여행을 하기로 하였다. 갑작스럽게 항공 티켓과 숙소를 예약하였고 목요일 퇴근길에 바로 김포공항으로 가서 비행기를 탔다.

　밤늦게 제주공항에 도착하여 택시를 타고 숙소가 있는 애월로 갔다. 다음 날 아침 가장 먼저 간 곳은 제주현대미술관이었다. 여러 작가들이 함께 참여하는 기획전이 열리고 있었는데, 전시 주제가 이상동몽이었다. 인간지사 동상이몽은 너무도 당연하게 그러하리라 생각되는데, 이상동몽이라? 어떤 작품들이 있을까 궁금증을 잔뜩 안고 미술관으로 갔다. 다양한 작가들의 다양한 재료를 활용한 작품들이 전시되어 있었다.

이상동몽은 '행동하는 장소나 처지는 달라도 생각과 목적은 같다'는 의미를 담고 있는 것으로 작가들의 환경과 경험, 관점이 각기 다르고 창작 방식이나 과정이 다를지라도 꿈꾸는 이상 세계는 하나임을 보여주는 전시'라고 소개되어 있었다. 도슨트의 해설을 들을 수 없어서 작가들의 심오한 작품 세계를 이해하는 데에는 한계가 있었으나, 이상동몽이라는 말은 오랫동안 나의 뇌리에 남아 있다.

장소를 불문하고 같은 꿈을 꾸는 사람을 만날 수 있을까? 같은 집이나 같은 직장에서 함께 생활을 해도 같은 생각을 하기는 무척 어렵다. 처음 만나는 사이일 때에는 비슷한 점 몇 가지를 발견하여 반갑게 인사하고 친하게 지낼 수도 있지만, 시간이 지날수록 다른 점들을 찾아내고 점점 소원해지는 관계들이 많다. 인간은 모두 본인의 욕망대로 표현하고 생각하기 때문에 이익이 상충될 때에는 반드시 갈등이 생기기 마련이다.

그리고 같은 목적을 가졌더라도 목적을 이루기 위한 방법들을 다양하게 생각해 내기 때문에 목적이 같다는 것을 잊어버릴 정도로 자기 주장을 하는 경우가 많다. 학교는 1년 단위로 교육과정 계획을 세우고 수시로 단위사업 계획을 위한 협의를 한다. 회의를 하면서 자주 느끼는 것은 '사람들 마음이 내 마음 같지 않구나'하는 것이다. 특별히 예민한 나는 상처받는 일들이 많다. 언제부턴가 사람들의 속이 물벼룩처럼 투명하게 보이는 것 같았다. 그 속이 선명하게 들여다보일수록 내 마음은 더욱 괴로웠다.

사람들의 생각이 다양함을 인정하지만 나와 비슷한 생각을 가진 사람들과 함께하고 싶다. 마음이 통하는 이들과 같은 목적을 가지고 함께 노력할 수 있는 기회가 생기면 참 좋겠다. 그렇게 생채기가 많이 났으면서도 아물기 시작하면 사람이 그립다. 제주현대미술관의 작가들은 어떤 이상세계를 함께 꿈꾸었을까? 이상동몽이 이상이 아니고 현실세계에서 만날 수 있었으면 좋겠다.

만나는 모든 사람에게서 무엇인가를 배울 수 있는 사람이 이 세상에서 가장 현명하다

   - 탈무드

그럼에도 불구하고

극락교

공주에 있는 마곡사에 가면 극락교라는 다리가 있다. 20여 년 전 한여름, 비가 억수같이 내린 후 계곡물 흐르는 소리가 세차게 들리는 날이었다. 지도교수님과 동기 선생님들과 함께 마곡사 입구에 있는 식당에서 닭백숙을 먹고 마곡사 답사를 하였다. 절로 들어가는 입구에 예쁘게 생긴 돌다리가 있는데, 그 이름이 극락교다. 속세와 극락을 이어주는 다리이며, 절 바깥은 속세요 절 안쪽은 극락이라고 하였다. 다리를 건너면 바로 해우소가 있는데, 그 이유는 극락에 가면 가장 먼저 해야 할 일이 근심을 털어 내는 일이기 때문이란다.

다리를 건너기 전에 이야기를 들었기에 나는 조심조심 걸어갔다. 속세에서 극락으로 가면 무엇이 달라질까? 속세의 근심을 다 털어 준다 하는데 내 근심은 무엇일까? 그 이후의 마곡사 모습은 생각이 나질 않는다. 김구 선생님의 피난처이기도 했던 그곳은 여기저기 기념할 만한 곳이 많았을 터인데, 수년이 지난 지금까지 기억에 남는 것은 극락교밖에 없다. 그리고 극락교에서 바라본 해우소의 풍경까지만 기억난다. 여름비가 그친 산사의 풍경은 평화롭고 고요하여 그 모습 자체가 극락이지 않았을까?

그 무렵 나는 중부고속도로의 토평IC에서 서청주IC 구간을 많이 이용하였는데, 청주에서 일정을 마치고 서청주 톨게이트를 지나 고속도로에 진입하면서 그곳이 극락교 같다는 생각을 하였다. 극락에서 속세로 돌아가는 길은 두 시간 남짓 걸렸다. 두 아이를 키우며 직장 생활을 하고 있던 터라 집으로 가는 길이 반갑지만은 않았다. 퇴근하여 아이들을 씻기고 먹이고 재우고 나면 10시가 넘었고 그때부터 학교 일도 하고 공부도 하곤 했으니, 잠을 몇 시간 못 자고 늘 피곤에 절어 있었다.

다행히 같은 아파트에 사는 동네 언니들이 우리 아이들을 잘 챙겨주었고, 가끔 반찬도 가져다주고 아주 가끔은 청소도 해주고 가셨다. 두 아이도 성격이 까다롭지 않아서 나보다 동네 사람들과 더 잘 어울려 지냈다. 놀이터에서 놀다가 목이 마르면 집으로 올라오는 게 아니라 상가에 있는 미용실에 가서 "이모, 물 좀 주세요." 하는 식이었다. 그러면 원장님은 물만 주시는 것이 아니라 땀범벅이 된 얼굴을 씻겨주고 머리도 다시 묶어 주어 말쑥한 모습으로 미용실을 나오곤 하였다.

그렇지만 그곳에는 20대 후반이 지기에는 너무도 크고 무거운 짐들이 많았다. 밥을 하면서도 설거지를 하면서도 여러 가지 생각들이 밀물처럼 밀려왔다가 결론도 없이 썰물처럼 밀려가는 것이 일상이었지만, 말을 많이 하지 않던 성격이라 어려움이 있어도 혼자 묵묵히 견뎌 내기만 하였다. 그러다가 다시 극락교를 건너 속세에서 극락으로 들어가면 나 자신에게 집중할 수 있었다. 집을 나오는 순간이 극락으로 가는 길의 시작이라니 서글픈 시간들이었다.

그 이후 20년 가까이 중부고속도로를 이용할 때마다 서청주 톨게이트를 통과하고 나면 내가 속세로 가고 있구나 하는 생각이 들었다. 그런데 이상하게도 반대 방향-구리에서 청주-으로 갈 때에는 극락교가 떠오르지 않았다. 하도 많이 다녀서 내비게이션 없이 바깥 풍경만 보아도 어디쯤 왔는지 알 수 있는 구간인데, 내가 극락으로 가고 있다는 생각이 전혀 들지 않았다. 이제는 극락교가 속세와 극락을 이어주는 다리가 아니라 속세와 속세를 이어주는 다리가 되어 버렸나 보다. 극락교를 건너면 해우소에 들러야 하는데, 이리저리 둘러보아도 해우소가 보이지 않는다.

견디기 힘들수록 아름다운 추억이 된다.
- 포르투갈 격언

길

　늘 가던 길만 가는 사람이 있는가 하면 새로운 길을 찾아다니는 사람이 있다. 「미움받을 용기」의 기시미 이치로는 많은 사람들이 변화함으로써 생기는 불안과 변화하지 않아서 생기는 불만 중에서 후자를 택하는 경향이 있다고 하였다. 늘 가던 길을 가는 사람이 많다는 것이다. 또 현재 다니고 있는 직장이나 살고 있는 집이 마음에 안 들어도 이직을 하거나 이사를 하는 것은 쉽지 않다. 학생인 경우 전학을 갈 때 부모님께서 돌아가시는 것 다음으로 큰 스트레스를 받는다는 연구 결과도 있다.

　학창 시절 강의실에는 아무도 자리를 정해주지 않았어도 지정석이 있었다. 교사 연수를 가도 마찬가지이다. 연수가 시작되는 첫

날 자리가 암묵적으로 지정석이 되는 경우가 많다. 둘째날 자리를 옮기게 되면 첫날 자리 주인의 눈치를 보거나 미안해지기까지 한다. 그리고 학교에서는 전입 첫해에 동학년을 하는 사람과 계속 동학년을 하거나 친해지는 경우가 많다. 업무가 힘들다고 투덜대면서도 작년에 하던 업무를 그대로 신청한다.

그러나 나는 최근까지 불만을 해소하는 방법으로 불안을 선택하는 경우가 많았다. 불편한 일이 생기거나 새로운 분야에 관심이 생기면 과감하게 변화를 시도하였다. 직장도 옮기고 이사도 하고 말이다. 지난 10년간 학교를 세 번 옮겼고, 이사도 세 번 하였다. 새해가 되면 학교도 집도 또 옮길 예정이다. 심지어는 석사과정 전공과 박사과정 전공이 다르다. 환경을 바꾸고 나서 6개월 정도는 변화에서 오는 새로움과 설렘에 도파민이 샘솟았기 때문이다.

과거 양평에서 남양주로, 남양주에서 과천으로 학교를 옮길 때 남들은 걱정했지만, 나는 새로운 곳에서의 생활에 대한 기대로 들떠 있었다. 발령도 나지 않았는데, 이사부터 하는 바람에 이전비도 못 챙겼다. 그런데 올해 들어서는 좀 힘들다. 학교를 옮기는 일도 집을 옮기는 일도 버겁다. 학교를 알아보는 것도 이사 준비를 하는 것도 즐겁지 않고 번거롭게 느껴진다. 많이 힘들다.

곧게 뻗어 있는 큰 길이 있고 익숙한 길을 따라가기만 하면 되는데, 샛길이 나올 때마다 그곳을 기웃거리는 바람에 에너지를 낭비한 것 같다. 새로운 길을 가다 보면 확신이 안 서 머뭇거리는 시간도 많으니 결국 다른 사람들보다 목적지에 늦게 도착하게 되는 것이다. 호기심을 참지 못하고 다양한 경험을 한 것이 결과에 항상 긍정적인 영향을 미치는 것은 아닌가 보다. 불안보다 불만이 편하다는 것을 너무 늦게 깨달았다.

이외에도 나는 남들이 자연스럽게 다 알고 있는 것들을 남들보다 훨씬 늦게 깨닫는 경우가 많다. 남들과 다른 길들을 기웃거리다 보니 공감대도 부족하고 혼자 있는 것이 더 편하게 되었나보다. 익숙한 사람들과 익숙한 생활을 함께 할 때 편안함을 느낀다는 것을 최근에서야 알게 되었다. 나는 길눈이 밝다고 내비게이션을 켜지 않고 운전하는 경우가 많았는데, 알고 보니 길치였다.

길을 걸어가려면 자기가 어디로 가는지 알아야 한다.
- 톨스토이

화양연화(花樣年華)

　내 인생의 화양연화는 언제였을까? 매주 SBS 드라마 윤지수와 한태현의 화양연화를 보면서 생각해 보았다. 70억 명의 지구에는 70억 개의 화양연화가 있고, 누구에게나 저마다의 화양연화가 있다고 하는데, '내 인생의 가장 아름다운 순간'은 아직 오지 않았을지도 모른다는 생각이 들었다. 아무리 생각해 보아도 화양연화라 이름 붙일 순간이 떠오르지 않았다. 앞으로 삶이 꽃이 되는 순간이 반드시 올 것이라 믿고 꽃이 필 준비를 하는 시간을 애써 가꾸고 싶다.

　한때는 세상을 바꾸고 싶다는 꿈을 가진 적이 있었지만, 지금은 흔적도 없이 사라져 버렸다. 나보다 어렵게 사는 사람들의 삶에 조금이라도 보탬이 될 수 있었으면 좋겠다는 생각을 늘 하면서도 실천에 옮기지는 못했다. 기본적인 생계를 해결하기 급급해서 정작 본인의 꿈을 꿀 수 없는 아이들의 희망이 되어 주고 싶었다. 의지할 곳이 없어 삶을 포기하고 싶은 사람에게 안식처가 되어 주고 싶었다. 그런데 아주 오랫동안 생각만 하고 말았다.

좋은 옷과 맛있는 음식에 집착하지 않고 이 사회에 긍정적으로 기여하는 일에 시간과 노력을 투자하고 싶다. 오늘 지수의 꿈 이야기를 듣고 잃어버린 나의 꿈도 찾아 나서고자 한다. 지수는 '지는 편이 나의 편'이라는 소신으로 아무리 어려운 상황에서도 꿋꿋하게 본인의 신념을 지켜내었고 결국 주변을 밝게 비추는 등불이 되었다. 내가 하는 일이 나의 탐욕에서 머물지 않고, 다른 이의 삶에 도움을 줄 수 있는 일로 승화하는 순간이 나의 화양연화가 될 것이다. 반짝반짝 빛나는 그날을 위해 힘내자!

선한 사람이 되라. 그러면 세상은 선한 사람이 될 것이다.

- 힌두교 속담

팔팔한 모임

    학교를 과천으로 옮긴 이듬해 어느 목요일 밤, 대학 동기에게서 전화가 왔다. 늦은 시간이라 조금 불안한 마음으로 전화를 받았다. 늦은 시간의 전화는 분명 중요한 일이거나 좋지 않은 소식을 전하는 경우가 많기 때문이다. 그런데, 토요일에 시간이 되면 서울대공원으로 나오라는 것이었다. 20년 넘게 동기모임을 하고 있는 네 친구가 있는데, 이번 주말에 과천에서 모이기로 했다고 하였다.

    컨디션이 좋지 않아 잠시 망설였지만, 꼭 가겠다고 답하고 전화를 끊었다. 남양주에서는 동기들과 만나는 일이 별로 없었는데, 이곳에서 이렇게 불러주는 친구들이 있어서 너무 고마웠다. 다음 날 나는 조퇴를 하고 병원에서 링거를 맞았다. 친구들을 만나러 나갈 수 있을 만큼의 체력을 회복해야 했기 때문이다.

드디어 토요일 아침, 서울대공원에서 친구들을 만났다. 학교 다닐 때부터 친하게 지냈던 네 명은 그때까지 죽 모임을 하고 있었고, 최근에 안양으로 이사 온 나와 수원으로 발령받은 새내기 교감을 끼워서 여섯 명이 함께하였다. 동물원 뒤로 난 길을 따라 대공원 둘레길을 걸으면서 밤을 줍고 간식도 나눠 먹으면서 그간의 이야기들을 나누었다.

링거를 맞고 온 내 컨디션이 썩 좋지 않았기 때문에 산을 많이 오르지는 못하였다. 대신 과천저수지 옆의 잔디밭에 자리를 마련하여 따뜻한 가을 햇살에 비쳐 반짝이는 은빛 물결과 함께 시간을 보냈다. 신입 두 명을 끼워서 여섯 명이서 앞으로 종종 만나자고 하였다. 그 후 우리는 서울로 뮤지컬 관람을 갔고, 수원 화성 답사를 하였으며, 왕송저수지에서 레일바이크를 함께 탔다. 그 외에도 다양한 여행을 계획하였으나, 코로나19에 발목이 잡혀 요즘은 단체 채팅방에서만 만난다.

그러고 보니 우리는 단톡방에서 거의 매일 만나고 있다. 원격수업이 시작되면서 관련 정보를 나누고 화상수업 실습도 함께하면서 매우 유익한 시간을 보냈다. 물론 학교와 관련 없는 다양한 실

생활 정보도 교환한다. 그리고 생일을 맞은 친구에게 케익을 보내주고 스승의 날이나 성탄절에는 자축하는 이벤트를 마련하여 서로서로를 챙겨준다.

모임 이름을 짓지 못하다가 카뱅 이름을 '팔팔한 모임'이라고 하는 바람에 이것이 모임 이름으로 자리잡았다. 팔팔한 모임은 대학 동기 B반 중에 경기 남부 지역에서 살고있는 여자친구들의 모임이다. 지금은 한 친구가 더 합류하여 일곱빛깔 무지개가 되었다. 팔팔한 88학번 모임 멤버 모두 착하고 성실하며 아이들을 사랑하는 따뜻한 선생님들이다. 지금까지 만난 동료들 중에 우리 친구들만큼 훌륭한 교사를 본 적이 없다. 내가 이들과 함께할 수 있어서 정말 기쁘고 감사하다.

벗이 있어 멀리서 찾아오니 이 또한 기쁘지 아니한가
– 논어(학이편)

진실과 승리

우리 집 왼쪽 엘리베이터의 왼쪽 거울은

실제보다 날씬해 보인다.

거울이 불량이다.

그런데, 이 거울을 볼 때가

오른쪽 정상 거울을 볼 때보다

훨씬 행복하다.

진실이 항상 승리하는 건 아닌가 보다.

제자리걸음

연휴 마지막 날

점심을 먹고 책을 보다 깜빡 잠들었다.

일어나 보니 속이 더부룩하고

바깥 날씨는 눈이 부시도록 푸르른지라

산책 겸 드라이브로

남양성모성지와 궁평항을 다녀왔다.

화성 8경의 하나인 궁평항 낙조는

구름이 방해를 하여 제대로 보지 못하고

새우튀김 한 봉지를 사서

화성방조제를 지나 국도를 타고 돌아왔다.

남양성지와 궁평항을 천천히 돌아다니다 보니

겨우 속이 편안해지는 듯했는데,

새우튀김 몇 개로 다시 더부룩.

이제는 느끼하기까지 하다.

나름 열심히 노력했는데, 제자리다.

아니 뒷걸음질이었나?

반성

냉장고 파먹기 한다고 하고선

복숭아와 사과가 있는데도 불구하고

감을 또 사고 말았다.

지금까지 살아오면서

마음먹은 것을 행동으로 옮기지 못한 적이

훨씬 많다는 걸 알고 있었지만,

또 한 번 씁쓸하다.

크레센도

얼마 전 월요병을 잊게 해 주었던 드라마가 있었다. 밤늦게 방송하는 월화드라마였는데, 제목은 '브람스를 좋아하세요?'이다. 프랑스의 소설가 프랑수아즈 사강의 소설 제목과 같고 삼각관계의 사랑을 다룬다는 모티브를 가져왔지만, 원작소설과 드라마의 내용은 많이 다르다. 영화로도 제작되었고 우리나라에서도 상영되었다고 하여 넷플릭스에서 찾아 감상하였는데, 드라마가 훨씬 재미있고 여운이 남았다.

브람스는 슈만의 제자였고, 슈만의 부인인 클라라를 사랑했지만 그 사랑은 이룰 수 없었다. 슈만이 먼저 세상을 떠나고 나서 브람스는 미망인 클라라를 바라만 보면서 스승과의 의리를 저버리지 않았다. 드라마에 나오는 음악 천재 셋은 어린 시절부터 함께 꿈을 키워 나갔고, 그 중 둘은 자라서 연인이 되었다. 나머지 한 남자도 그녀를 사랑했지만, 우정과 사랑 사이에서 우정을 택하였다. 이룰 수 없는 슬픈 사랑을 하고 있던 이 남자주인공은 브람스의 곡을 연주하지 않는다고 하였다.

또 다른 주인공 역시 연인이 된 두 친구와는 오래된 친구 사이이고, 친구의 남자친구를 사랑하지만 혼자만 끙끙 열병을 앓는다. 연인이었던 두 친구가 이별하고 남자가 사랑을 고백하였으나, 받아들이지 못하고 다른 사랑을 찾아 떠났다. 음악적 재능은 없지만 흥미와 열정만으로 선택했던 바이올린은 그녀에게 크나큰 좌절을 경험하게 하였고 끝내는 연주를 포기하고 음악 관련 기획 분야로 진로를 변경하게 되었다.

이 드라마는 매회 제목이 음악 관련 용어였고 드라마의 내용과 무척 잘 어울렸다. 그 중에 마지막회 제목은 크레센도(crescendo)였다. 크레센도는 '점점 크게'라는 뜻이다. 주인공이 오랫동안 꿈꾸어 왔던 것을 포기하고 새로운 것을 찾아 발걸음을 떼는 것으로 끝나는 내용과 잘 어울린다. 주인공을 응원하고 어려운 상황에서 항상 용기를 주었으며 멘토 역할을 했던 팀장님의 대사가 큰 울림을 주었다.

"'점점 크게'라는 뜻은 다시 말하면 여기가 제일 작다는 뜻이기도 해요. 여기가 제일 작아야 앞으로 점점 커질 수 있는 거니까. 내가 제일 작은 순간이 바꿔 말하면 크레센도가 시작하는 순간이 아니겠어요?"

나이는 점점 많아지고 계획했던 일들은 뜻대로 안 되고 있는 절망스러운 이 시점에 이 대사는 나에게 큰 힘을 주었다. 그래, 더 이상 떨어질 곳도 없으니 올라갈 일만 남았구나 하는 희망적인 생각을 하게 해 주었다. 주인공이 트라우마를 극복하고 브람스의 곡을 멋지게 연주할 수 있게 된 것처럼 나도 힘차게 일어나 뚜벅뚜벅 걸어갈 수 있는 날이 얼마 남지 않았다. 여기가 제일 작아, 앞으로 점점 커질 거야. 크레센도, 크레센도!

절망의 깊은 밤이 올 때 새벽이 가까이 왔음을 기억하라

– 성경(역대하 29절)

동지

어느덧 겨울의 한가운데에 들어섰다. 눈이 두 차례 왔고 동지가 며칠 남지 않았다. 동지는 태양의 고도가 가장 낮고 낮의 길이가 가장 짧은 날이다. 태양의 마지막이자 새로운 시작을 의미한다. 고대인들은 이날을 태양이 부활하는 날이라고 생각하였고, 특히 중국의 '역경'에는 주나라에서 태양의 시작을 동지로 보고 설로 삼았다는 기록도 있다. 나는 동짓날에 새로 이사 갈 집으로 전입신고를 하려고 한다. 실제로 이사할 날은 3주가 남았지만, 낮의 길이가 점점 길어지는 날을 기준으로 새로운 곳에 둥지를 틀고 다양한 의미의 새로운 시작을 하고 싶다.

요즘은 새해 1월 초에 종업식을 하지만, 예전에는 12월 말 크리스마스경에 겨울방학을 하고 2월에 1~2주일 정도 등교하는 경우가 많았다. 그래서 12월 22일경이 되면 학년이 마감되는 분위기였고, 새 다이어리에 새해 계획을 가득 채워 넣으면서 새 출발에 대한 희망으로 설레기도 했었다. 요즘은 학년 마감을 위하여 가장 바쁜 시기에 동지가 있다 보니 동지의 의미를 새길 기회도 없이 그냥 훅 하고 지나가는 것 같아 아쉬운 면이 있다. 올해는 특별히 이사를 하고 새로운 시작을 위한 기준이 되는 날로 동짓날을 자리매김하였으니, 새해에는 지금보다 훨씬 여유 있고 내실있게 내 삶을 챙길 수 있으리라 믿는다.

우리나라 세시풍습 중에 동지는 팥죽을 먹는 날로 잘 알려져 있다. 해마다 동지가 되면 직접 팥죽을 쑤어 먹을 시간도 없고 솜씨는 더더욱 없으니, 대부분 시중에서 단팥죽을 사 먹곤 한다. 그런데 나의 어린 시절 기억 속에는 장날이 팥죽 먹는 날이었다. 우리 옆집에 사는 할머니께서는 장날이 되면 팥죽을 쑤어 시장에 내다 파셨고, 우리 4남매는 할머니께서 나누어 주시는 팥죽을 종종 먹을 수 있는 행운을 누렸다. 시장에 나가기 전에 미리 주시기도 하였고, 장이 파하고 나서 팔다 남은 것을 주시기도 하였다. 아랫목에 옹기종기 모여 앉아 팥죽을 먹던 장면은 40년이 지난 지금도 내 머릿속에 선명하게 남아 있다.

팥죽은 질병이나 귀신을 쫓는 음식으로도 알려져 왔다. 동짓날 팥죽을 먹으며 액운을 막는 풍습은 신라시대 처용가에서 비롯되었다고 한다. 역신이 처용 아내의 아름다움에 반하여 밤마다 사람의 모습으로 처용의 집을 찾아와 그의 아내와 동침하였는데, 이를 안 처용이 처용가를 부르며 춤을 추자 물러났다. 이에 감복한 역신이 처용의 얼굴 그림이 그려져 있는 집은 찾아가지 않았고, 사람들은 처용의 얼굴과 함께 붉은 팥죽을 먹으면서 귀신을 내쫓았다는 이야기가 전해져 온다.

악귀를 비롯한 나쁜 기운을 물리치고 건강하고 행복하게 살고자 하는 우리 선조들의 바람이 동짓날 팥죽을 먹는 풍습으로 자리 잡았고, 동지는 명실공히 24절기를 대표하는 '작은설'이 되었다. 암울하고 불행한 상황을 긍정적으로 승화시킨 처용의 지혜와 슬기를 배우고 이날을 내 삶의 궤적들을 되돌아보고 새롭게 시작하는 계기로 삼으려고 한다. 언젠가 내가 직접 팥죽을 쑤어 지인들과 함께 발복을 염원하는 시간을 가질 수 있었으면 좋겠다. 새알심 하나하나에 소원을 담아 팥죽을 맛있게 쑤는 법을 배워야 하는 새로운 숙제가 생겼다.

동지가 지나면 푸성귀도 새 마음 든다

- 우리나라 속담

모소 대나무

"모소 대나무를 아십니까?" 모 기업의 TV 광고 첫 멘트이다. 긴장한 모습으로 발표하는 젊은 스타트업 대표가 모소 대나무 이야기를 하면서 본인의 가능성에 관한 비전을 보여준다. 화면을 꽉 채우는 대나무 숲의 멋진 풍광과 면접관의 흐뭇한 미소가 인상적인 그 광고를 접하고 모소 대나무가 무엇일까 매우 궁금해졌다. 바로 검색을 하여 모소 대나무에 관한 글들을 읽어 보고는 한참을 생각에 잠길 수밖에 없었다.

모소 대나무는 중국의 극동 지방에서만 자라는 희귀종으로 씨앗이 뿌려진 후 4년 동안 3cm밖에 자라지 않는다고 한다. 날마다

물을 주고 정성 들여 가꾸어도 도무지 성장하는 모습을 보이지 않다가, 5년이 되는 해부터는 매일 30cm씩 성장하여 6주 정도 지나면 그 주변이 순식간에 울창한 대나무숲으로 변한다고 한다. 성장이 멈춘 것이 아니라 폭발적인 성장을 위하여 뿌리 내리는 과정이 필요했던 것이고, 땅속으로 몇백 미터 이상 뿌리내리고 난 후에 땅위로 성장하기 때문이다.

우리가 이미 알고 있는 유명한 이야기로 '일만 시간의 법칙'이 있다. 이것은 어떤 한 분야의 전문가가 되려면 일만 시간 이상의 정성과 노력을 들여야 한다는 것인데, 일만 시간 동안의 학습과 경험은 신중하게 계획된 훈련으로 이루어져야 하며 일만 시간 동안 날마다 정비례하여 성장하는 것이 아니다. 기본기가 다져지면 어느 날 갑자기 계단식으로 점핑하는 순간이 온다는 것이다. 시간은 모든 사람에게 똑같이 공정하게 주어지는 자산인데, 이를 어떻게 사용하느냐는 개개인의 몫이고 시간은 대부분 정직하게 보상을 가져온다. 모소 대나무의 성장과 일만 시간의 법칙은 닮은 부분이 있는 것 같다.

진용일홍(眞勇逸興)이라는 사자성어가 있는데, 진짜 용은 숨어서 일어난다는 것으로 크게 성공한 사람은 아무도 모르게 실력을 갈고닦아 자기의 목표를 이루게 된다는 의미이다. 인간이나 식물은 모두 성장을 위해서 시간이 필요하고 기다림의 시간 동안 끈기를 가지고 꾸준히 노력해야만 한다는 교훈을 얻을 수 있다. 모소 대나무처럼 땅속에서 단단하게 뿌리를 내리는 시간이 꼭 필요한 것이다. 조급함을 버리고 제대로 된 방향으로 한 걸음씩 뚜벅뚜벅 걸어가야 한다.

최근 하루살이처럼 하루하루 급하게 업무를 처리하면서 지냈던 터라 2021년 새해를 맞이하면서 나는 앞으로 어떻게 살아야 할 것인가를 점검해 보아야겠다는 생각을 하였다. 하지만 그런 생각을 하기만 하고 실천에 옮기지 못하고 있었다. 그러다 입춘을 이틀 남긴 날, 치과 치료를 마치고 정형외과 치료를 위하여 옮겨 가던 중 매우 반가운 메시지 한 건을 받았다. 지난달에 한 문예지의 신인문학상에 응모하였는데, 이것이 당선되었다는 것이다. 아니 꿈인지, 생시인지? 청이 아버지 심 봉사 눈이 뜨일 만큼 놀라운 일이었다.

지난해 봄부터 본격적으로 글을 써 보려고 했었는데 얼마 안 가 흐지부지되었고, 가을에는 정말 마음을 다잡고 날마다 글을 쓰려고 노력하였다. 나의 50대 목표인 작가의 꿈을 이루기 위하여 나름대로 계획하고 실천하였으나, 계획한 만큼 실천을 제대로 못 한 것 같아 자괴감이 들기도 하고 나 자신에 대하여 실망을 많이 하고 있던 참이었다. 어린 시절부터 글쟁이가 되고 싶었지만, 다양한 이유와 변명으로 이루지 못한 꿈이었는데, 드디어 등단을 하고 작가가 된 것이다.

내가 꿈을 이루기 위하여 기회가 주어질 때까지 참고 기다리며 노력했던 시간은 모소 대나무처럼 땅속으로 충분한 뿌리가 내리기 위하여 보낸 시간이었다. 문학상 당선은 멋지고 당당한 모습을 세상에 드러낼 수 있겠다는 자신감을 가질 수 있는 기회가 되었다. 오랜 시간이 걸린 만큼 다양한 경험과 지식이 뿌리를 깊고 넓게 내릴 수 있는 자양분이 되었으리라고 믿고 앞으로 긍정적인 성장을 위하여 더 열심히 노력하여야겠다. 그 어떤 말로도 이 기쁨과 감사함을 표현할 길이 없다.

모든 꽃이 봄의 첫날 한꺼번에 피지는 않는다

- 노먼 프랜시스

에필로그

지난 겨울은 눈이 유난히 많이 내렸다. 1월 초 수도권 출근길 교통을 마비시켰던 폭설은 내 차를 고속도로 위에서 꼼짝 못하게 만들었고, 결국은 견인을 하여 무사히 학교에 도착할 수 있었다. 눈길에서는 기어를 D로 놓으면 안 되고, 1단과 2단으로 적당히 조절해야 하는데 경황이 없어서 가만 멈추어 있다가 갓길에서 기다리고 있는 견인차에게 SOS를 하였던 것이다. 보험회사에 근무하는 지인에게 한 소리를 들었다. 견인이 필요할 때 긴급출동서비스를 요청해야지 사설업체를 이용하면 보험처리도 안 된다고 말이다.

생각해 보니 나는 눈길 운전은 자동기어로 하면 안 된다는 것도,

자동차 보험 혜택을 받으려면 보험사에 도움을 요청해야 한다는 것도 모두 알고 있었다. 그런데, 당시 머릿속에 생각이 너무 많았고 운전에 집중을 하지 않다 보니 이 모든 사실을 다 잊어버리고 눈앞에 보이는 곳에서 쉽게 받을 수 있는 도움을 선택하였다. 물론 수만 원 들어간 비용은 고스란히 내 몫이 되었다. 그래도 잘했다. 나도 자동차도 아무 탈 없이 목적지에 도착했으니까 말이다.

종업식을 하루 앞두고 새 학기에 새로운 학교로 옮겨가려던 생각을 포기하였다. 혁신학교의 혁신업무 담당부장으로 초빙되어 4년간 이 일을 수행하면서 너무 힘들었다. 임기가 끝나면 바로 떠나고 싶었다. 나는 주어진 일이 있으면 몸이 상하는 줄도 모르고 집중해서 처리하는 편이다. 그래서 일을 잘한다는 말은 듣고 사는데, 내 몸은 만신창이가 되었다. 머리부터 발끝까지 여기저기 아픈 곳이 너무 많은 종합병동이었다.

지금보다 조금 더 편안한 환경에서 근무하기 위하여 다양한 경로로 옮겨 갈 학교를 물색하였으나, 결국은 물거품이 되고 말았다. 새롭게 시작하기 위한 새로운 환경을 포기할 만큼 절박한 어려움이었을까? 새로운 학교에서 제안받은 업무가 너무 어렵고 감당하기 힘들 것 같아 민망함을 무릅쓰고 번복하였다. 한동안 치통과 근육통을 동반한 깊은 고민을 하다가 그냥 이곳에 남기로 하였다. 그래도 잘했다. 많은 분들에게 죄송하지만, 나는 편안하고 싶다.

종업식 다음 날 이사를 하였다. 전에 살던 집은 왕송호수 근처에 있었는데 앞이 훤하게 트이고 다락방과 테라스가 있었다. 집 앞에는 야트막한 산이 하나 있고 하늘이 넓게 보이는 환상적인 조망을 가진 곳이었다. TV 프로그램 '구해줘 홈즈'에 나오는 집처럼 층고가 4m를 넘었고 천정에는 뻐꾸기창이 있어서 오래도록 밝고 따스한 햇살이 집안을 포근하게 해 주는 곳이었다. 그런데 위치가 시내와 멀리 떨어진 곳이어서 생활이 불편하였다. 대중교통을 이용하기도 어렵고 필요한 물건을 사고 싶을 때도 시내로 나가야 하는 불편함을 감수하여야 했다.

지금 이사 온 새로운 집은 조용한 환경과 생활의 편리함을 조금씩 균형 있게 갖춘 곳이다. 어제 딸과 함께 모락산 둘레길을 산책하면서 이곳은 사람 구경하며 살 수 있어서 좋다고 말하였다. 필요한 물건을 가까이에서 살 수 있고 집 안에서 숲을 볼 수 있는 것도 좋다. 이 모든 것이 이사하는 것의 어려움을 극복하고 좀 더 나은 환경을 찾아가고자 노력하였기 때문에 얻은 안식이다. 비용도 많이 들고 몸도 힘들었다. 그래도 잘했다. 밤늦게 귀가하는 딸이 안심하고 다닐 수 있으니 말이다.

선택은 항상 어렵다. 나는 대체로 직관적으로 결정을 하는 편이었고 후에 조금 더 신중했으면 좋았을걸 하는 아쉬움을 느낄 때가 많았다. 최근 몇 달간 날마다 컴퓨터 앞에 앉아 내 지난 날들을 돌이켜 보고 나의 선택에 관하여 다양한 관점에서 생각을 해 보았다. 어떤 선택이든 완벽하게 만족스러운 것은 없었지만, 오래 지나고 보니 그리 나쁘지 않았거나 좋았던 기억들이 더 많았다. 선택이라는 것은 한 가지 이로움과 다른 한 가지 이로움을 바꾼다거나 한 가지 어려움과 또 다른 한 가지 어려움을 바꾸는 것이다.

이제 다시 봄이다. 그동안 불운이라고 생각했던 것과 불안했던 일들을 저 멀리 떠나보내고 희망이라는 친구를 맞이할 준비를 하고자 한다. 살아오는 동안 보람된 시간도 많았고 나를 응원해 주는 사람들도 많았다. 나에게 많은 재능을 주신 부모님께 감사드리고 함께하는 가족과 동료들이 행복할 수 있도록 내가 기여할 수 있는 일들을 찾아볼 용기가 생겼다. 내가 가는 곳에 있는 이들, 나와 함께하는 이들이 모두 따뜻한 세상을 경험할 수 있도록 밑불을 지피고 싶다. 그동안 참 잘했다. 스스로 칭찬과 함께 격려를 보낸다.

죽마고우의 꿈길에 함께 서서

전 은 희

시인, 동탄중앙초 교사

나는 운이 좋게도 진영이의 친구다. 지금은 40년지기 친구이고, 내가 100살까지 산다면 90년지기 친구가 될 것이다.

진영이의 글을 읽었다. 친구가 페이스북이나 블로그에 꾸준히 글을 올린다는 것은 알고 있었지만, 내가 아주 가끔 SNS에 접속한 날에 올라온 글만 읽고 짧은 소감을 댓글로 달다가 이번에 전편을 읽은 것이다. 카톡으로 짧게 쪽지를 보냈다.

"진영아, 넌 진짜 부자야, 이렇게 소중한 추억들이 많다니. 소소한 것도 시간이 지나 기억이 되니 아름답고 그리움이 되는구나. 덕분에 읽으면서 나의 20대도, 또 50대도 잠시 들여다보는 시간을 가졌어. 문단에는 이런 작가들이 있어야 사람 냄새와 따뜻함과 그리움과 진실을 기대할 수 있다."라고.

그날 늦은 저녁 식사를 준비하는 동안 글의 여운에 취하여 오랜만에 십 대 아이의 생기와, 이십 대 청춘의 기상과 또 쓸쓸함, 삼십 대 교사의 '열심'이 소환되어 씩씩하게, 아무렇지 않게 밥상을 차릴 수 있었다. 식사를 마친 후 평소와는 달리 서둘러 설거지를 마치고, 평소와는 달리 TV 대신 책상 앞에 앉아 커피를 마셨다. 문득 생각나는 장면이 있었다.

십여 년 전에 진영이가 나에게 "십 년 계획은 세우고 살아야 돼. 나는 올해도 매주 한 권씩 읽을 거야. 너는 글을 잘 쓰니까 작가가 되었으면 좋겠다."라고 말했다. 나는 진영이에게 "하루하루 사는 것도 힘든데 그런 장기적인 계획은 엄두도 안 나. 책은 올해 한번 20권 읽어봐야겠다. 글은 안 쓴 지 오래되었어, 일기장 두 권을 잃어버린 후로는 힘이 빠져서 쓰기가 싫다."라고 말했다. 열심히 살지 않겠다는 변명을 그렇게 한 것이다. 그러고도 사람들에게 내 소개를 할 때는 시인이 되고 싶다고 말했다.

칠 년 전 진영이를 서울의 한 서점에서 만난 날, 때마침 이외수 작가와의 만남 행사가 있었다. 진영이가 그의 책 두 권을 사서 나에게 한 권을 주었고, 우리는 함께 작가의 사인을 받고 사진을 찍었다. 진영이 덕분에 이외수 작가의 책을 처음 읽어 보게 되었다.

그다음 해인 육 년 전, 다시 서점에서 만난 날은 유시민 작가와의 만남 행사가 있었는데, 진영이가 '유시민의 글쓰기 특강'을 사주어서 또 함께 작가의 사인을 받고 사진을 찍었다. 진영이는 그때 나보고 "우리 나중에 드라마 같이 쓰자." 이렇게 말했고 나는 또 핑계를 대며 못 할 거라고 했다.

진영이는 흰머리가 늘어가는 내가 마치 한창 자라나는 아이인 것처럼 계속 꿈에 대해 묻고, 꿈을 꾸어야 한다고, 너는 할 수 있다고, 자신은 이런 노력을 하고 있노라고 내밀한 이야기를 해준 친구이다. 진영이를 만나고 온 날은, 진영이 앞에서는 못 한다고, 못하는 핑계를 댔지만, 집에 와서는 진영이가 한 말을 떠올리며 내가 잊어버리고 있었던 꿈을 다시 꾸었고, 작심삼일의 첫째 날들을 만들어 보게 되었다.

진영이의 글 '모소 대나무'편에 보니 어릴 때부터 글쟁이가 되고 싶은 꿈이 있었고, 50대 목표가 작가였는데 드디어 등단을 하고 작가가 되었다고 한다. 나는 진영이의 꿈이 화가인 적이 있었고, 그래서 20대와 40대 후반에 화실에 다녔다는 것을 알고 있다. 박사과정을 공부하고 대학강의를 하러 다니던 진영이를 볼 때는 진영이의 꿈이 교수라고 생각했다. 학교 관리자의 불허로 대학 강의를 나가지 못하게 되었을 때, 나는 진영이가 이제 그냥 교직에서 승진하는 목표만 남았겠구나 오산을 했다.

그러고 보니 20대 이후로 진영이에게 꿈이 뭐냐고 나는 물어본 적이 없었다. 꿈에 대해 말하면 듣거나, 하는 일들을 보고 목표가 이러저러하겠구나 짐작만 했었다. 그럼에도 불구하고 진영이는 나에게 꿈에 대해 그리고 추억에 대해 이야기를 나누어 줘서 고맙다.

진영이의 첫 책 '시간은 기억을 추억으로 만든다'를 정말 많은 사람들이 읽어 보면 좋겠다. 꿈이 메말라가며 삶에서 탈수증을 겪던 나는 진영이가 건네주는 꿈 한잔으로 목을 축이곤 했다. 이 글을 읽다 보면 희미한 기억이 생기를 띠며 추억이 되고, 또 지금 살아 내는 시간을 소중하게 기록하고 기억할 수 있는 마음과 다시 꿈을 꾸고 싶은 의욕도 생긴다.

그 비법은 작가가 오래된 장면들을 섬세한 기억력으로-여고 시절 진영이는 친구들 사이에서 '전화번호부'로 불리기도 했다. 한번 걸어 본 번호는 자동 저장이 된다고 하였다-그려내고, 또 그 순간들을 허투루 넘기지 않고 소중하게 살아 낸 감수성으로 그 당시의 공기와 숨결까지 불러내고 있기 때문이다.

백 살의 반인 오십 대에 작가의 꿈을 이룬 친구, 백 살에는 또 어떤 꿈을 이루게 될까, 어떤 추억을 이야기해 줄까 기대가 된다. 친구가 작가의 꿈을 이룬 덕분에 첫 책에 추천사를 쓸 수 있어서 뿌듯하고 감사하다. 그리고 앞으로 이 책을 읽고 함께 이야기 나눌 독자 여러분께도 미리 감사를 드린다.

시간은 기억을
추억으로 만든다

초판 1쇄 인쇄 2021년 3월 10일
초판 1쇄 발행 2021년 3월 12일

지은이 정진영
펴낸이 박하루

도서기획 숲속서가
책임편집 박소영
교정교열 이유송
북디자인 김송이

발행처 (주)하루랩 **임프린트** 하루북스
출판등록 2017년 6월 15일 제 2017-000118호
주소 서울시 서초구 반포대로23길 13, 5층 L198호
전화 010-5679-7946 **이메일** haru@harulab.com
홈페이지 www.bookinforest.com

ISBN 979-11-90447-06-5 (03810) / 979-11-90447-07-2 (05800)

하루북스는 (주)하루랩의 단행본 브랜드 입니다.

숲속서가는 원고기획부터 출판까지 전담 편집자의 1:1 원격 상담을 통해 작가가 원고를 끝까지 마무리 할 수 있도록 안내 합니다. 출판을 고민하고 있는 예비 작가라면 홈페이지(www.bookinforest.com) 접속 후 담당 편집장에게 샘플 원고를 보내주세요. 출판에 한 걸음 더 가까워 집니다.